UN PIE EN LO ALTO Y OTRAS ENCERRONAS

SINDO PACHECO

Un pie en lo alto y otras encerronas
Primera Edición
© Gumersindo Pacheco, 2013
Sobre esta edición:
©La Pereza Ediciones, Corp
Diseño de portada: Eric Silva
Foto del autor en contraportada:
© Ulises Regueiro

Impreso en Estados Unidos de América

ISBN-13: 978-0615830643
ISBN-10: 0615830641

Para información, escribir a:
La Pereza Ediciones, Corp
10909 sw 134 ct
Miami, Fl, 33186
United States of America
www.laperezaediciones.com
786-3606326

ENTREVISTA CON EL AUTOR SINDO PACHECO

Por Teresa Dovalpage

Conozco la obra de Sindo Pacheco desde hace muchos años, desde los tiempos cubanáceos. Entre los libros que traje de Cuba hay una antología que contiene uno de mis cuentos preferidos, "Nos visita el escritor," de Pacheco. La ironía suave de la historia y el manejo impecable del idioma ya anunciaban al autor que vendría después.

Sindo Pacheco ganó el premio El Caimán Barbudo en 1990 y ha publicado *Oficio de Hormigas* (cuentos, 1990, premio Abril) y las novelas *Esos Muchachos, María Virginia está de Vacaciones* (Premio Latinoamericano Casa de las Américas, premio anual La Rosa Blanca que concede la Unión de Escritores y Artistas de Cuba y Premio de la Crítica a las mejores obras publicadas en Cuba durante 1994), así como *María Virginia mi amor* o *María Virgina y yo en la Luna de Valencia*, finalista del Premio Norma-Fundalectura); *Las raíces del tamarindo*, finalista

5

del Premio Edebé y publicada por esta editorial en Barcelona, *Mañana es Navidad*, y *El beso de Susana Bustamante*.

Su última obra es una colección de cuentos, *Un pie en lo alto y otras encerronas*, que ha sacado con la editorial La Pereza y que presentará en Books & Books el 28 de septiembre.

Teresa Dovalpage: ¿Cuándo supiste que querías ser escritor?

Sindo Pacheco: Realmente no quería serlo, sino más bien que un día no pude evitarlo. Yo empecé a escribir, sin conocer a ningún escritor, sin tener un tutor, sin saber por qué ni para qué diablos podía servir. Escribía historias porque de alguna manera tenía que sacar de mí esos fantasmas. Años después de aquellos horrorosos intentos supe que existían Talleres Literarios, y que, aún sin ser graduado de nada, podía dedicar una parte de mi tiempo al acto de escribir. Pero, respondiendo tu pregunta, todavía no me considero un escritor. Cada vez es más difícil alcanzar ese oficio. Creo que un escritor es aquel que puede vivir de lo que escribe, que puede mantener con ello a su familia —cosa cada vez más difícil en estos tiempos— Yo soy, simplemente, un hombre que escribe, que elabora ficciones, que con un trocito de verdad trata de fabricar una mentira completa.

Teresa Dovalpage: Me parece que eres demasiado modesto. Eres escritor porque escribes, y muy buen escritor. Tus premios y las múltiples ediciones y reediciones de tu obra lo atestiguan. Mantenerse, o no, gracias a la pluma es otra cosa y ya volveremos a eso. Ahora, ¿cuál es tu rutina preferida para escribir, si la tienes? ¿Hay algo que hagas siempre antes de empezar una nueva historia, algún ritual...?

Sindo Pacheco: No tengo una rutina específica, ni ritual a la hora de escribir. Más bien dejo que la historia me preceda y voy tras ella, un poco desconfiado y todo lleno de asombros. A veces escribo de noche, a veces por el día, siempre cuando tengo inspiración.

Teresa Dovalpage: Los osos y los leones se pasean por esta última colección, así como toda clase de perros, entre ellos los eufóricos. El cuento "Habana" me ha gustado mucho, sobre todo su descripción del encuentro literario. Y ese león. Naturalmente, el león. Dame una pista literaria ¿el león se relaciona con...?

Sindo Pacheco: Esos seres llamados animales son el primer asombro de un niño cuando irrumpe en el mundo. Sería difícil encontrar una novela sin que esas criaturas pululen de alguna manera por sus páginas. El león del relato "Habana" simboliza, eso creo, la soledad del espíritu de Sigfredo; en mi caso personal sufrí esas sensaciones de forma real cuando tuve una marcada falta de salud.

Teresa Dovalpage: Hasta las cosas malas (o *en especial* las cosas malas) sirven de inspiración. Y hablando de inspiración, tus cuentos sorprenden con finales inesperados, tanto los que suceden por acá, en esta tierra, como los que ocurren en el más allá. ¿Dónde encuentras la inspiración para ellos?

Sindo Pacheco: A veces me ocurre que conozco de antemano el final de un relato, y trato de llevarlo a esa consecución. En otros casos, el propio relato me ayuda a encontrar su desenlace. A veces el relato lo hace sin mí, que simplemente le dejo esa labor detectivesca (ver pregunta 6).

Teresa Dovalpage: ¿Cómo promueves tus libros? ¿Alguna táctica exitosa que quieras compartir?

Sindo Pacheco: Soy un pésimo promotor, la verdad. Lo poco que mi obra ha trascendido se debe, casi enteramente, a la generosidad de algunos amigos, o a la propia obra en sí.

Teresa Dovalpage: Bueno, en ese aspecto sí que hay que ponerse las pilas. Lo de "el buen paño en el arca se vende" ya no funciona, por desgracia, así que hay que aprender a mercadear. Para vivir del cuento hace falta a veces ser más promotor que escritor. Volviendo a tus relatos, ¿siempre sabes el final de cuando te sientas a escribirlos o lo cambias por el camino?

Sindo Pacheco: Mira, Teresa, aquí me voy a extender un poco. Según la Internet, la palabra cuento proviene del latín *computum* (cálculo, computo). O sea: calcular, llevar cuenta. La única diferencia con la matemática es que esta "cuenta", no se hace con números sino con palabras. Pero indudablemente en los relatos hay que "llevar" la cuenta para que el resultado sea creíble. En mi caso personal, yo relaciono los cuentos con una ecuación algebraica:

$$a + b = c$$

donde *a* corresponde a la introducción, *b* al desarrollo y *c*, al desenlace. Vamos a establecer, por ejemplo, que la *cuenta* en un buen cuento, no deba ser inferior a 100; la introducción, que corresponde a la letra *a*, deba tener un valor pequeño, digamos que 1 ó 2 o a veces hasta 3 (las introducciones muy extensas, con valores de 10 o más se hacen sospechosas para el lector y el relato pierde credibilidad).

Ahora pasemos a los siguientes dos incisos de esta forma de concebir el relato.

inciso a: (el autor conoce el final de su historia). Aquí tenemos el valor de c igual a 100, el valor de a, que ya señalamos que debía andar bajito: 1 ó 2 ó 3, así que lo único que faltaría es darle un valor a b de tal modo que la *cuenta* del cuento funcione. La ecuación quedaría de la manera siguiente:

$$1 + b = 100$$

O sea, b debe alcanzar un valor lo más cercano a 99 para que el relato convenza, sea verosímil, para que esa entrañable criatura nazca sana y saludable.

Sin embargo pueden ocurrir situaciones dolorosas, y ese adorado hijo del espíritu es abortado por:

número uno: Fatal Desnutrición: $2 + 61 = 100$. (Falta de información, o justificación, o psicología a los personajes, etc., que hacen que el relato se quede en una hermosísima anécdota).

O: número dos, donde ocurre lo contrario, que denominaremos SAO (por sus siglas en inglés): Síndrome de Aborto por Obesidad: 3+133=100. (Aquí al relato se le ha puesto tanta verborrea, tanta palabrería y hojarasca, tanto bururú barará, que la historia se diluye, naufraga, y desaparece en el proceloso piélago de la retórica).

Lo expuesto anteriormente, Teresa, sucede cuando el autor conoce de antemano el final del relato. Ahora podemos pasar al otro inciso.

inciso b: (el autor no conoce el desenlace). Aquí sucede que el escritor sabe el valor de *a* (1, 2, 3); pero no sólo desconoce el de *b* como en el inciso anterior, sino que tampoco tiene el valor de *c*; en otras palabras, desconoce el desenlace del relato, está más perdido que una vaca en un cine: ignora si va a dar 100 o más (si da menos de 80 hay peligro de aborto). De modo que la ecuación tiene dos *variables:* *b* y *c*, con una sola *constante:* *a* (1, 2, 3). La ecuación, entonces, quedaría como sigue:

1 + b = c

Aquí el autor tiene al personaje en su mente y muy pocas cosas más, y comienza a hacer crecer la *cuenta* del cuento, sumándole acontecimientos, ideas, circunstancias, toda una gama de cosas sin saber claramente hacia dónde va la historia. O sea, le va dando valores al término b hasta que el desenlace, si es bueno, aparece por fin sin que apenas se dé cuenta: cae dulcemente en un parto feliz, sin dolor, sin anestesia, sin puntos. Y el relato puede acercarse a resultados tan increíbles y veraces como

$1 + 215 = 216$ (Poe, Maupassant, Chejov, Hemingway, Borges, Onelio, Rulfo, Cortázar, y demás).

Esas son las dos variantes en mi manera de concebir el relato.

inciso c:

Para resumir, y volviendo al origen de las palabras *cuento* y *cuenta*, podemos añadir lo siguiente:

La cuenta que es "ella", y se realiza con números "ellos", siempre se ha explicado con "ellas" las palabras; pero "ellos" los cuentos, que se escriben con "ellas" las palabras", nunca antes habían sido explicados con "ellos" los números. Eso es lo que he tratado de hacer para que finalmente tanto *ellos* como *ellas* vivan felices en su matrimonio de pronombres, para que las nobles criaturas, frutos de esa hermosa relación nos expliquen las cosas que no entendemos de la economía, de la ciencia y de los astros (las cuentas), y para que los cuentos nos ayuden a luchar contra el olvido y a tratar de comprender el incomprensible mundo en que vivimos.

NOTA FINAL

Toda esa descarga, Teresa, de nada sirve para los aspirantes a escritores, ni para nadie. El escritor que se ponga a pensar en todo eso a la hora de escribir su relato, está frito de antemano: le anticipo que la cuenta de su cuento nunca dará los 100 puntos: el aborto de la criatura estará garantizado.

Teresa Dovalpage: Sindo, nunca había escuchado una teoría tan interesante sobre el complejo asunto de la inspiración literaria y la matrimoñesca gresca de los cuentos y las cuentas. Burla burlando, has dicho muchas verdades. Imagínate que un aspirante a escritor te pida consejos sobre esta profesión (¿vocación? ¿equivocación?), ¿qué le dirías?

Sindo Pacheco: Le diría que buscara otra profesión. Ejercemos un arte en decadencia, no vivimos del cuento sino que morimos del cuento. Luego del cine, de la radio, de la televisión, de la Internet, la palabra escrita es poco menos que un estigma. Le diría como me decía mi abuela cuando me veía tratando de redactar alguna historia: *hijo, deja eso, que te vas a poner mal de la cabeza. Búscate un oficio que te permita vivir, por ejemplo, carpintero. Los carpinteros ganan buen dinero.* Ella no decía mucho dinero sino "buen" dinero, una cosa olvidada demasiado pronto. En aquella época, todavía, la calidad del dinero tenía cierto valor de cambio.

Teresa Dovalpage: Hombre, parece que las abuelas cubanas tenían una conspiración contra la literatura. La mía no hablaba de dinero directamente pero me decía que dejara la escribidera y que me buscara un marido. (Le hice caso, por aquello de tener un plan B.) Pero vamos a regresar a tus libros, y a los planes sobre tus libros. Me gustaría que hablaras un poco acerca de ellos. ¿Qué hay en el futuro, inmediato o lejano, del escritor Sindo Pacheco?

Sindo Pacheco: Realmente no hay mucho: dos novelas inéditas, una de las cuales tal vez salga para finales de año; y el deseo de comenzar otra, cuando esos seres caprichosos llamados musas me lo ordenen, sin excusa ni pretextos, como deben ser las órdenes en los buenos ejércitos.

Teresa Dovalpage: ¡Me gusta eso de un ejército de musas! Mucha suerte con todos tus proyectos y gracias por acceder a esta entrevista.

Teresa Dovalpage nació en La Habana en 1966 y ahora vive en Taos, Nuevo México. Tiene un doctorado en literatura y es profesora universitaria. Ha publicado cinco novelas entre las que se encuentran Muerte de un murciano en La Habana *(Anagrama, 2006; finalista del premio Herralde),* A Girl like Che Guevara *(Soho Press, 2004) y* El difunto Fidel, *premio Rincón de la Victoria (Renacimiento, 2011) así como varias colecciones de cuentos.* The Astral Plane, Stories of Cuba, the Southwest and Beyond *es su último libro, publicado por University of New Orleans Press en 2012.*

GODOFREDO MIYARES
–cronología de un mito–

La verdadera historia del mito Godofredo comenzó con la carta apócrifa que Alma Inés puso en el correo para estimular a su hermana, postrada en su lecho de muerte. Fue una sabia decisión. Amelia empezó a recuperarse, como si una mágica poción hubiera obrado un milagro. En poco tiempo asumió sus quehaceres, y volvió al portal de la vetusta casona a disfrutar el té de la pequeña Rosaliz.

Esa noche, ante la deliciosa infusión, Amelia extrajo la falsa misiva del bolsillo de su bata y la leyó complaciente a sus hermanas. El desaparecido Godofredo, cansado de unir tubos y destupir cañerías en La Habana, había marchado tras los tesoros de Alaska, soñando regresar un día con suficiente patrimonio para llevarla dignamente al altar, tal como ella misma refería que le dijo al despedirse cuarenta años atrás, con lágrimas en los ojos. Ahora, desde las Montañas Rocosas de Utah, el ex coronel del ejército americano, donde se alistó en aquellas tierras, le confesaba a su "amiga inolvidable", el impacto de aquel maravilloso amor de juventud. Con un lenguaje cuidado y una delicadeza inusual para un oficial de tan alto rango, pedía al cielo que su amada pudiera recibir ese regalo tardío en el crepúsculo de su vida.

Alma Inés no pudo dominarse al ver a su hermana sobrecogida, y a la pequeña Rosaliz enjugándose las lágrimas, y le confesó su secreto. Había sido un último recurso para sacarla de la cama.

Amelia le agradeció su honestidad, todavía conmovida, pero no se deshizo de la carta, sino que a cada rato la releía en voz alta pues alguna fuerza misteriosa había inspirado a su hermana a plasmar en el papel el verdadero espíritu de su ansiado Godofredo.

A partir de entonces no lo soñó más como un Santa Claus forrado en pieles, sobre vastos horizontes de hielo, sino con su traje de coronel incrustado de medallas y condecoraciones.

—Nada hay como el amor de un militar —susurraba por las habitaciones.

Alma Inés y Rosaliz le hacían contar sus sueños, que luego pasaban a la memoria familiar. Solteronas, dependientes de la Seguridad Social, formaban entre ellas un matrimonio irreprochable. Alma Inés hacía las compras y llevaba las cuentas del hogar; la limpieza, el lavado de ropa, y otros quehaceres de la higiene eran cosa de Amelia; y la pequeña Rosaliz se encargaba de la cocina, incluyendo mermeladas, flanes, jaleas y los dulces de fin de año. Tenía sesenta y cinco años, pero para sus hermanas seguía siendo la pequeña.

Habían conocido a Godofredo Miyares hacía mucho tiempo cuando, ya huérfanas y recién instaladas en esa casona, se presentó un salidero en una de las tuberías, y el joven Godofredo, con su jolongo de extravagantes herramientas, se presentó a ejercer sus buenos oficios.

La pifia fue sellada fácilmente, pero el plomero se excedió en sus favores y estuvo una semana haciendo mejoras gratuitas en la vivienda. Al mediodía se sentaban a la mesa, y disfrutaban del incipiente arte culinario de la pequeña Rosaliz. Alma Inés, aunque trabajaba la ropa de mujer, tuvo a bien, usando los retazos que iba acumulando en su corta profesión, regalarle a Godofredo una camisa de guinga, con cuello y puños de gamuza. Pero el amor no entró por la costura ni por la cocina, sino por los inquietos ojos de Amelia.

Cuando terminó su faena, Godofredo la invitó a pasear por la ciudad, y

Alma Inés, la mayor, le dio el consentimiento, tratándose de un hombre hacendoso, con un oficio decente y poderosas manos para el trabajo. Pero sólo salieron tres veces. La primera, fueron a ver la tienda Fin de Siglo, con sus prodigiosas ofertas y toda la parafernalia que ofrecía a sus clientes, en una ciudad embrujada por la reciente independencia de la Isla, y Godofredo le habló por vez primera de los increíbles tesoros de las minas de Alaska. La segunda, entraron al Teatro Tacón, llamado entonces El Nacional, a ver una comedia musical que ya estaba casi terminando, y el embriagado plomero le tomó una mano a su muchacha y la amasó juguetón entre sus dedos; pero la tercera, en el momento en que Godofredo la besaba apasionadamente, en La Taberna San Román, allá por la Avenida del Puerto, no pudo controlar su fuego desbordante, y trató de introducir su mano en ciertas partes prohibidas de su tierna anatomía. Amelia, tan veloz como dispuesta, le sonó par de bofetadas en el rostro, que pusieron fin a tan ambicioso romance.

Sin embargo, al cabo del tiempo, ella lamentaba su carácter impulsivo y había sido capaz de perdonarlo, ¿acaso todo joven no perdía la compostura a la hora de inflamarse sus turbulentas pasiones…?

Nunca relató eso a sus hermanas; sino que inventó una despedida frente al Muelle de Luz, mirando el barco de la *World Line* que se llevaba a Nueva York, en tránsito hacia Alaska, a lo más deseado de su vida. Y aunque las tres eran vírgenes, Amelia solía contarles a sus hermanas cómo fue que Godofredo la hizo suya, una noche fabulosa en el último piso del Hotel Miramar. Sus respiraciones se unieron, sus cuerpos se pegaron, y ella se sintió volar como extasiada gaviota sobre la costa norte, El Morro, y parte de la plataforma insular.

Por entonces la casa se llenaba de jovencitas que venían a encargar sus vestidos, sus atuendos y oropeles, persiguiendo las curvas de París en las revistas de modas, y con las muestras y los entalles venían los episodios de sus vidas, las avenencias y sobresaltos del amor, y el saco de la vida apenas se hacía sentir entre el traqueteo de la Singer, los enredos, tejemanejes, y el rumor de tanta historia planeando sobre los muebles de la sala, rebotando en los espejos, en los cuadros, los adornos, hasta depositarse por los rincones más ocultos y extraviados.

Sin embargo, aquella legión de clientas se fue evaporando a medida que envejecían. Las nuevas chicas consiguieron otras modistas más afines con la actualidad, y las hermanas tuvieron que capear el temporal y sobrevivir a los primeros gobiernos nacionales, a la Enmienda Platt, el Estanco del Ganado, el Diferencial Azucarero, la Conspiración del Algarrobo, el Machadato, el Usufructo Oneroso, el Intercambio Recíproco y la Prórroga de Poderes. Cuando vinieron los cuarentas, con los ecos de la guerra allá en Europa, una paz muy parecida al olvido fue envolviendo sus vidas, y empezaron a tomar el té en las noches, mirando la oscura callejuela por la que rara vez pasaba alguien, a no ser el cartero, que siempre las saludaba con un gesto solidario.

Una de las veces en que Amelia refería sus sueños con el malogrado Godofredo, Alma Inés le confesó que esa noche había soñado con él.

—¿Y qué soñaste, mi hermana? —inquirió Amelia.

Alma Inés se ruborizó, pero relató su erótica fantasía, pidiéndole perdón de nuevo por aquel impulso desleal.

Entonces Rosaliz tuvo un brote de sinceridad y aseguró "para serte sincera, mi hermana", que ella también llevaba tiempo soñando a Godofredo.

—Tanto he oído hablar de él, que lo tengo metido en mi conciencia.

Amelia no se sintió ofendida por

tales confesiones, y desde ese momento, Godofredo pasó a ser propiedad imaginaria de las tres. Desde Bombay hasta Constantinopla, pasando por el Frente Aliado en las montañas de Italia, las poseía a cada una, y luego ellas intercambiaban los detalles, con cierto regocijo malsano, pero de forma tan real que el suceso pasaba al patrimonio de las otras.

Una noche Amelia tuvo una feliz iniciativa.

—Debíamos mandarnos cartas con los sueños. Así el té serviría para revivir nuestros deseos más ocultos.

Aquello resultó un ejercicio novedoso, pero finalmente comprendieron que eso no bastaba.

—Tenemos que hacer las cartas como si fueran del propio Godofredo.

—¿Qué quieres decir, Alma Inés? —quiso saber Rosaliz.

—Eso mismo, Pequeña, escribirnos como si él nos escribiera. ¿Se imaginan cuántas cosas sería capaz de decirnos?

Así empezaron a mandarse oficios amorosos las unas a las otras. Todas remitidas por Godofredo a secas, pues les pareció pecaminoso usar el nombre completo de un cristiano, tal vez difunto a estas alturas, perdido en sabía Dios cual cementerio del mundo. Cada dos o tres días, Amelia tomaba el fajo de correspondencias y lo depositaba en el correo de la Estación de Ferrocarriles, y durante algunas semanas, sus lecturas ayudaron a mitigar la soledad de las noches, y el olvido.

–¿Es linda Constantinopla...? – solía preguntar Rosaliz.

–Una ciudad increíble, Pequeña, según me cuenta Godo –suspiraba Alma Inés, y a continuación le refería las tres páginas que una traducción pirata de la *Enciclopaedia Británnica* (edición de 1911) dedicaba a la antigua capital Bizantina, incluyendo la primera universidad del mundo con sus 31 profesores, pero que era una lástima que ya no se llamara Constantinopolis o Nueva Roma.

El negro Caniquí, que era un cartero suspicaz, encontró sospechoso el aluvión de correspondencias que un tipo sin apellidos enviaba a aquellas viudas tristes –pensaba que eran viudas–, y un día se llevó las cartas a su casa.

Las abrió con extremo cuidado y descubrió aquel enamorado intemporal que amaba a tres hermanas sin el más mínimo pudor, y fue a ver a su amigo Pantaleón, miembro del Club de Autores del municipio. Pantaleón, sumamente impresionado, leyó las cartas a sus discípulos del Comité Literario, y les puso como tarea el reto de escribir a las viudas, una carta tan hermosa como lo hacía el ubicuo Godofredo. Fue un ejercicio inusual, pero ejemplarmente logrado. Pantaleón se las llevó a Caniquí, quien las metió en sus sobres, les puso un sello de correos que conmemoraba el cincuentenario de la industria tabacalera, y al día siguiente dejó aquella carga de 28 cartas de amor en el buzón de las atribuladas hermanas.

Godofredo lo mismo escribía junto al río Mississippi, que desde Ciudad El Cabo o sumergido en una trinchera en las cercanías de Berlín. Había sido cónsul en Venecia, diplomático en Andorra y senador en Santiago de Chile; pero en todas las misivas, invariablemente, la angustia desbordaba las páginas, se volvía corcel y espuma y luego labios y nubes y añoranza por regresar a los brazos de su amada y quedarse allí, en su "querido y último refugio".

A las hermanas no les importó indagar cómo habían llegado las cartas a su casa y esta historia hubiera terminado así, de forma improcedente, de no ser por dos de los alumnos de Pantaleón —cuyos nombres no hace falta siquiera mencionar—, que antes de entregar sus trabajos al maestro, los mostraron a sus compañeros del Liceo de Guanabacoa, quienes tomaron la dirección de las destinatarias, y redactaron su versión de Godofredo. Uno de ellos era hijo de un laborioso reportero, y la curiosidad fue impresa en un periodicucho de la villa, donde se recomendaba que tales cartas eran remedio infalible para el mal de amores. A partir de entonces, el asunto creció con la velocidad de un maremoto. De modo que ante cualquier remordimiento o desazón, el despechado amante optó por hacerle una misiva a su novia o a las propias hermanas y, de esa manera, Godofredo pasó a convertirse en un tipo de leyenda. Tal fue así, que el candidato opositor a la alcaldía, cuyos sondeos daban por perdido, prometió que en su futuro gobierno las cartas de Godofredo no necesitarían sello postal. Fue una estrategia fulminante. Ganó las elecciones con el 75 por ciento de los votos; pero en un pueblo donde la picardía brotaba de forma natural, como las generaciones de insectos sobre los húmedos pastos, la gente empezó a mandar papeles, títulos de propiedad, expedientes, contratos, partidas de nacimiento, certificados de defunción a sus parientes y amistades, usando el mágico nombre que evitaba el gravamen.

El alcalde, como agradecimiento a sus votantes, implementó una esquina del ayuntamiento, llamado El Rincón Godofrédico, donde se depositaban las respuestas que la mujeres del pueblo quisieran enviar a Godofredo. Al final de cada mes, se abría la correspondencia y las mejores epístolas eran leídas en las tabaquerías y por la emisora radial del municipio, cuyo espacio estelar *Querido amor mío*, sobrepasó todos los records de audiencia. Cada diciembre, un tribunal encabezado por el doctor Pantaleón, otorgaba el premio a la mejor carta del año, un vistoso tocororo, tallado en cedro, que se entregaba la víspera de la Noche Vieja.

Por supuesto, las hermanas eran asiduas ganadoras de la selección mensual, y una de ellas, Rosaliz, resultó premiada el segundo año de su convocatoria.

Gracias a tal iniciativa, la población encontró el valor de la palabra. Aquel pueblo ofuscado que solía tragarse sus rencores, sus angustias y sus desconciertos, comenzó a expresarse de otro modo, regalándose esos brotes que manaban del cariño, al principio sobre la hoja en blanco y más tarde bajo el imperio magistral de la elocuencia. ¡Qué cosa tan maravillosa es la palabra…! Algunos estudiosos del tema, como el dramaturgo cubano Reinaldo Montero*, aseguran que en la época de máximo esplendor se erigió una estatua a Godofredo, junto al Parque Central de la villa, y que la gente depositaba a sus pies no sólo sus plegarias de amores imposibles, sino también, sus aplazadas ansias de prosperidad. Refieren que acudían enfermos terminales de casi todo el país, en busca del remedio milagroso para cualquier tipo de males, y que entonces se hablaba más de Godofredo que del presidente de la República. También sostienen que se estableció la forma más expedita de conquistar una amante, pues cuando llegaba el punto cardinal, luego de una cena romántica, con candelabros dorados o de una velada inolvidable entre los cortinajes del teatro, el esperanzado galán, tomándole la mano a su tormento y mirándole a lo ojos, preguntaba apasionadamente: ¿godo?, y si ella respondía: fredo, quedaba establecida la unión; pero nada de eso ha sido comprobado, y más bien parecen ser exabruptos de la cultura popular en su ambición de ficcionar realidades. De modo que ponerlo en este texto sería restarle credibilidad al asunto y

---

* EL CASO GODOFREDO: MITO Y REALIDAD, Ediciones La Campana, Cabaiguán, 1998.

menoscabar la confianza del lector. Lo verdaderamente cierto es que tanto el hombre como sus afanes se diluyen los unos en los otros inexorablemente. Las cartas se espaciaron, el entusiasmo decreció, apagándose como el otoño, para engrosar esa otra memoria llamada tradición.

La tarde que las hermanas se alistaban para un agasajo por haber creado tan fabuloso personaje, Amelia recibió una extraña misiva. No sólo porque el remitente se apellidaba Miyares, sino porque venía con un sello del Correo Central de Santiago de Cuba. Amelia no pudo esperar el regreso de la actividad, luego de tanto tiempo sin correspondencia, para darle salida a la inquietud que había empezado a consumirla. Llamó a Inés y a Rosaliz, abrió la hoja y…

Desde una casa de beneficencia, el octogenario Godofredo Miyares le contaba que no pudo marcharse nunca por aquellos remotos destinos del oro y la riqueza como eran sus planes, pues cayó preso por excesos de la juventud, como ocurría a muchos hombres. Y cuando salió del prolongado presidió regresó a su natal Mayarí Arriba, arrepentido de haber hecho sufrir tanto a su madre, y se dedicó a cuidarla hasta el fin de sus días. Nunca se casó ni tuvo hijos, pensando en Amelia cada instante de su vida. Internado en Santiago hacía dos años, y medio parapléjico, le escribía estas cortas pero sinceras líneas porque tal vez ella pudiera recordarlo.

"Yo te amaba, Amelia –le decía–. Me encantaba tu carácter. Parecías un animalito rebelde de los que siempre me gustó domesticar. ¿Te acuerdas cuando me diste el bofetón allá por la Avenida del Puerto?"

–Qué Godofredo más ordinario –dijo Alma Inés.

–Increíble –adujo Rosaliz–. Esa carta no favorece la buena tradición.

Amelia estrujó la hoja antes de echarla a la basura.

–Es un apócrifo. Ni siquiera merece una respuesta.

EL MURO

Cuando cayeron las primeras gotas, el viejo del sombrero caminó hasta la parada. Escogió un sitio y se sentó resignado. En otra época se hubiera ido bajo el agua, pero la vida le había enseñado a ser prudente. La parada estaba desierta. Detrás de la parada había un muro. Y del otro lado llegó la voz del hombre.

—...me preguntarías cualquier cosa... Nos miraríamos...

—Así no —dijo una voz de mujer—. Más bonito. Que sea más bonito. ¡Me gustaría tanto que fuera bonito!

El viejo ni se inmutó. No estaba para romances. Hacía tiempo que vivía solo, y el amor era un recuerdo demasiado impreciso. Le disgustaban los jóvenes de ahora, que se besaban en las esquinas, que se toqueteaban delante de todo el mundo. No obstante estaba allí y no podía dejar de oír.

—Tienes razón —siguió la voz del hombre—. Empezará en un parque, o en la playa, un día limpio, con un sol alegre en medio del cielo.

El del sombrero trató de desviar su atención, pero sin darse cuenta se iba imaginando el lugar, del otro lado del muro. Todo lo veía de forma muy clara. Debía haber alguna caseta, o un buen techo, y un banco. Ellos estaban mirándose, con las manos cogidas, como si tuvieran mucho frío o mucho miedo, o como si tuvieran todo el tiempo del mundo.

—Todavía no está bien —dijo ella.

—Sí, mejor tú estudiabas y yo salía del cuartel a esperarte fuera del colegio, a verte con tu pelo recogido y tu falda ondulada.

—¿Y mi falda…?

—Ondulada.

Hubo otra pausa. Y el viejo del sombrero siguió imaginando: ella tenía el pelo largo que le caía sobre los hombros, y llevaba una blusa gris. Él era correcto, bien pelado como un militar.

La voz del hombre siguió al otro lado.

—Y después iremos a tu casa. Y un día me harás un dulce. Me gustaría tanto mirarte cocinar.

—¡Qué bonito! —la mujer suspiró—. Y nos vamos a querer, ¿verdad? ¿Verdad que sí…? ¿Verdad que después tendremos una casita muy blanca, que habrá un arroyo con un puentecito de madera, que vamos a tener hijos…? ¿Verdad que podremos tener hijos, muchos hijos…?

Volvieron a guardar silencio como si cada uno estuviera bien metido en su propio mundo, en su propio sueño, o en el mismo sueño de ambos. El viejo creyó verlos recostados el uno al otro; ella con la cabeza apoyada en su hombro, y los dos mirando a la distancia. Ya no parecía que tuvieran todo el tiempo del mundo.

—Vamos —dijo él.

—Sí, vamos antes de que...

Hubo ruidos de pasos. La voz de ella era un susurro a causa de la lluvia.

—Si se pudiera...

—¿Qué...?

—Si pudiéramos meternos en ese cuento. Si pudiéramos vivir allá adentro. Si hubiera esa oportunidad, tan sólo esa oportunidad...

—No importa —dijo él—. Podremos vernos. No llores. Cada día viviremos un poco en nuestro cuento. Será lindo. Verás que será lindo. Será como si estuvieras muy bien...

Pero ya era imposible escuchar. El viento sopló, moviendo las ramas del almendro, y la lluvia se escurrió de sus hojas. El viejo esperó otro rato, pegado al muro. Después se incorporó y echó a andar. La llovizna había cesado, pero el aire se mantenía húmedo. El del sombrero dobló la esquina y le dio vuelta a la manzana, visiblemente agitado. Vio el parque, silencioso y desierto. El banco de madera estaba allí, tal como lo había imaginado junto al muro. Todavía flotaba en el aire la presencia de

33

la conversación. El viejo se sentó, recostó la nuca a la madera y miró esperanzado en derredor. Por ningún sitio estaba ella.

HABANA

A Sacha

Se estiraba perezosamente, buscando el acomodo en la litera, esa adaptación del cuerpo en lecho extraño, cuando presintió la llegada del león. Había escapado del Zoológico de 26, de cualquier circo ambulante o de algún barco africano surto en la bahía La Habana, y Sigfredo aguzó el oído a ver si alguien estaba despierto para cuando llegara el animal; sin embargo, reinaba esa calma de ronquidos leves que acompaña al sueño seguro y placentero

Había pasado para Protección e Higiene, y lo habían enviado a este seminario, junto a otros colegas de otras provincias, que se conocían de otros encuentros, que se saludaban con euforia, reviviendo anécdotas y pasajes como si hubieran vuelto a casa tras unas largas vacaciones. Eran diez o doce, solos, diseminados en aquel piso del edificio: una escuela de capacitación en el rincón más remoto de La Habana.

Sigfredo empezó a concebir la idea de estar equivocado. No era un tipo miedoso ni dado a la fantasía ni al delirio, y posiblemente estaba equivocado.

Se incorporó para ir a los baños, convencido ya de lo iluso del presagio, pero cuando pasó junto a la persiana y miró hacia abajo, vio a la bestia pavoneándose sobre el cemento del parquecito. Sigfredo quedó paralizado, mientras un líquido caliente le abrazaba los muslos. Regresó al albergue en puntas de pie, se puso un calzoncillo limpio, y se enroscó en su litera, tapándose la cabeza. Apenas podía respirar. El zumbido de su respiración delataba su presencia y le impedía concentrarse bien en los demás ruidos de la noche, como si con ello pudiera conjurar el peligro. Aunque tal vez se trataba de un chiste, de una broma colectiva que le estaban gastando. Podía ser un animal inofensivo, domesticado, que había nacido y residía en la misma escuela, que allí mismo había crecido comiendo en manos de las sirvientes, de los cocineros y el personal de servicio, incapaz ni de rugirle al más indefenso de los humanos…

Hacía varios días que estaba en el Curso. Por las mañanas iban al ministerio, allá en Centro Habana, donde un gordo de espejuelos de carey les impartía conferencia tras conferencia. Trataban acerca de la historia de los medios de protección, historia que se perdía en el tiempo como todas las historias desde los tiempos primitivos, porque hasta un simple sombrero era un *medio de protección*. Sigfredo escuchaba al orador que hilvanaba las palabras con la facilidad que sólo concede el hecho de haberlas repetido indefinidamente, pero no lograba fijar el contenido. Cómo rayos había dejado su taller para caer en esto de la protección e higiene. Su manía de intelectual seguramente, ese maldito anhelo de soltar las llaves y los tornillos y salir distinto a la vida –él era un obrero que se despojaba de su overol apenas caía la tarde, se bañaba, comía, y se sumergía en el mundo de los libros. Conocía algo de literatura soviética y le gustaba Azorín y la Generación del 98–. Tal vez se enamoró de la frase: Protección e higiene. Sentía necesidad de proteger, de reconstruir su realidad de padre ausente. ¿O era la higiene…? ¿Tanto tiempo tiznado, grasiento y sucio debajo de los camiones, lo habían empujado a esta vida más presentable, más aseada y prometedora…?

Almorzaban allí mismo en el ministerio; y por la tarde visitaban fábricas y talleres donde todos sus empleados usaban *adecuados medios de protección*, llenos de tornos y de troqueles, con un ruido infernal de hierro contra hierro y un cacharreo insostenible. Luego volvían a la guagua que los conducía hasta aquí, atravesando calles y avenidas, junto a edificios destartalados con puntales de madera sosteniendo su estructura, y otros más altos de cristales relucientes, polos opuestos como si hubiera dos países en una misma ciudad. Sigfredo miraba a través de la ventanilla, esperando hallar algo nuevo en cada viaje, pero cuando venía a ver ya estaba ante el custodio que abría la puerta de esta escuela, muy cortés, con aquella cara de inocencia que lucía más sospechosa.

Sigfredo se destapó la cabeza, le faltaba el aire. Tenía los ojos fijos en el fondo de la litera de arriba, mientras pensaba en cómo defenderse. Mentalmente había registrado aquel piso desierto, sin recordar un palo de escoba ni un trozo de hierro o de madera. Tanta careta de soldar y tantos espejuelos de protección y pantaloneras y guantes y botas de casquillo: tanta basura para verse ahora desprotegido como un bebé, como un recién nacido, en aquel piso diabólico cuya amplia entrada, sin puertas, facilitaba el asalto. Aunque había una cuchilla en su maletín. Debía estar allí porque él mismo se había encargado de ponerla. Sigfredo registró en su taquilla. Abrió la hoja filosa y la notó pequeña, demasiado infeliz para una labor de tal envergadura. Era preciso golpearlo en algún punto vulnerable, debajo de la melena, cortarle en dos la arteria aorta, desangrarlo, herirlo de muerte, tasajearlo; pero como a las tres de la madrugada, cuando entró al albergue, enorme y sereno como un asalto prehistórico, Sigfredo comprendió lo inútil de cualquier tentativa. Trató de hablar, de llamar a alguien, de correr la alarma y de gritar, pero había perdido la voz, los movimientos... Únicamente sus ojos seguían el recorrido de la fiera, que se detenía a intervalos, oteando el aire, olisqueando las literas, incorporando a su naturaleza salvaje el sueño divino de los hombres. Lo vio acercarse y comprendió que era el fin. Jamás había pensado en la muerte, pero de haberlo hecho alguna vez, era imposible imaginar este final de garras de león, en plena ciudad, en aquella Habana inocente y febril de los ochenta. Sigfredo apretó la cuchilla que resbalaba en su mano húmeda por el sudor que se escurría entre sus dedos. Iba a vender cara su vida. Alguien podía escuchar el ajetreo, el ruido, el jaleo que se iba a armar con las literas rodando de un lado a otro, chocando contra las paredes y el piso del edificio; pero cuando el animal se aproximó, esparciendo aquel miasma profunda, aquel vaho caliente y húmedo como si portara en su aliento los mil hedores de la selva africana, Sigfredo dejó de respirar. Un frío intenso comenzó a ascender de sus extremidades, desde la punta de los dedos, deteniendo su circulación, mientras la fiera lo olía y lo ensalivaba, preparando sus carnes para una digestión más placentera. Era el rito macabro del gato con el ratón perdido, preludio de la muerte. Sigfredo cerró los ojos, quiso entregarse a alguien, ofrecer ese último impulso del espíritu a un ser amado, a un ser querido que hubiera desfilado por su vida, pero no pensó en su hijo, extraño y ajeno, ni en su ex esposa de los primeros tiempos felices, ni en su viejo papá, enfermo y triste en su cama de moribundo, sino en Marcial, en Marcial Felipe, en aquel flaco degenerado que lo había engatusado en esto de la protección e higiene del trabajo…

Cuando volvió en sí, ya la luz invadía el albergue y el edificio y la ciudad. Sigfredo creyó que estaba en la antesala del otro mundo. Se sentía anonadado. Un tufo ácido emanaba de su cuerpo, de aquel beso que parecía eternizarse. Sin embargo, iba recuperando las sensaciones y recordó y sintió la cuchilla en su mano, adherida a ésta por una sustancia pegajosa. Se había encajado la cuchilla en el muslo derecho, y ahora descubría el dolor y la ardentía. Fue hacia los baños. Atrás, sobre la sábana arrugada, quedó una mancha marrón en forma de óvalo. Sigfredo sintió que el agua lo devolvía a la vida. Se peinó ante el espejo y se notó delgado y pálido. Dos sombras grises debajo de sus ojos habían crecido en diagonal buscando el nacimiento del bigote. Los demás seminaristas comenzaban a levantarse, pero Sigfredo no habló nada. Se vistió y bajó a desayunar. El comedor estaba silencioso. En toda la escuela no había más que el grupo de ellos y el personal de servicio. Fue hasta el mostrador y tomó un jarro. Una señora de blanco, de rostro de cera, inconmovible, le sirvió café con leche, otra le dio un pedazo de pan. Llegó hasta una mesa. No tenía hambre. El café con leche estaba al tiempo, y el pan era una fruta seca que se desmoronaba entre sus manos. Iba a salir cuando oyó voces. Eran sus compañeros que entraban en grupo, haciendo chistes, jaraneando, jubilosos de estar en La Habana, como si este lugar fuera La Habana y no una selva embrujada. Pero ya eso no importaba, como no le importaba Marcial, ni el director, ni la maldita protección e higiene, pues en ese momento, exactamente, descubrió que estaba desolado, que necesitaba una mujer. Habanera.

Subió al primer ómnibus y se sentó casi al final.

La Habana andaba cerca de los dos millones de habitantes. Un buen número eran escolares que invadían la mañana para luego dejarle la ciudad a los adultos que hormigueaban sus calles y establecimientos. Otra buena cantidad eran menores de treinta años. Sigfredo tenía treinta y nueve. Tal vez hallaba una mujer entre los treinta y dos y los treinta y siete, que hubiera vivido una época parecida a la suya, con los mismos deseos o frustraciones.

La guagua se desplazaba por una zona casi desierta, a través de una ancha avenida. Había un separador central donde crecían algunos arbustos diminutos. Las casas eran elegantes, espaciadas, en cuyos jardines cercados se paseaban perros silenciosos. En cualquiera de ellas podía vivir su habanera. Era preciso olvidarse de la protección y la higiene, y vencer la cerca y el perro, y decirle a su muchacha que él era un simple mecánico B, de equipos automotores, pero que la necesitaba con toda la fuerza de su corazón.

Sin embargo, podía tratarse de una mujer casada, con su matrimonio bastante estable: que recibía a su marido con un beso bajo el marco de la puerta, preocupada por saber cómo le había ido en el trabajo, cómo había pasado el día lejos de sus brazos, y le preparaba un trago o una limonada bien fría, con el hielo flotando en una copa brillante de cristal fino... También podía dar con alguien diferente, con otra educación, formada dentro de otra cultura: gente que iba a los teatros, al ballet, que le gustaba el rock o la música clásica y los conciertos y exposiciones de pintura moderna llenas de mamarrachos que no entendía: tipas que nada tenían que ver con su mundo de mecánico, aficionado del Rodeo y de la música del ayer reciente...

La ciudad de los edificios altos comenzaba a abrirse paso. Sigfredo decidió seguir viaje hasta la parada final. El día avanzaba, alejando la mala sombra de sus recuerdos, pero temía la llegada de la noche, estar solo en medio de la noche, en una ciudad que lo agredía. No era nada sencillo hallar esa mujer, entre los 32 y los 37 años, con la que pudiera iniciar un buen romance. Existían, pero resultaba sumamente difícil coincidir con ellas. Tal vez pudiera dar con tres o cuatro si la suerte lo acompañaba. Pero cómo saberlo... Lo de bonita y la edad se notaba a simple vista, pero el resto... Podía confundirse con una mujer comprometida, o amante de la ópera y la pintura, o con una puta disimulada o una monja. Aquí no existían esos anuncios donde mecánico triste desea mujer así o asao, que coleccione sellos de correo y escuche a Radio Enciclopedia. Debía preparar un cuestionario: ¿Divorciada? ¿Te gusta el ballet y la música clásica o las canciones de Charles Aznavour? ¿Eres puta...? Pero esto ahuyentaría a la más perfecta candidata.

Además, faltaba el aspecto del gusto físico y de la atracción, ese polvito mágico tan ajeno al razonamiento humano y a la lógica del pensamiento, y sin embargo tan importante y decisivo.

La guagua se detuvo al final del Prado. Sigfredo descendió de último y caminó hacia el Parque Central. De esas mujeres, algunas debían estar enfermas o indispuestas, y posiblemente no saldrían de su casa en toda la tarde y la noche. Otras tenían su Centro de Trabajo, sus responsabilidades, su guardia obrera, sus reuniones (era un día entre semana). Entró en los portales de la Manzana de Gómez en dirección a la calle Obispo. El resto estaban perdidas entre dos millones de habitantes, anónimas en la indiferencia de todos, en algún metro cuadrado de los miles de kilómetros que tenían las calles de La Habana, en un ómnibus o en una parada. Sigfredo leyó el lumínico apagado del Floridita que sobresalía hacia la calle, *la cuna del daiquirí,* y pensó en un vaso de ron, en sumergirse en un poco de hielo con alcohol.

Había un mostrador provisto de banquetas y varias mesitas y un buen aire acondicionado. Sigfredo se sentó a la barra. Casi nunca iba a los bares. Su oficio más bien lo empujaba a beber en las calles, desarmando motores o componiendo cajas de velocidad.

El dependiente se acercó. Era un mulato grueso, pelado bajito. Puso un portavasos encima del mostrador y se quedó mirando a Sigfredo.

—Havana Club. Con hielo.

Había un refrigerador de tres puertas, encima del cual sobresalían botellas de ron y de vino y licores de cacao y menta y Crema Café.

Sigfredo encendió un cigarro antes de llevarse el vaso a la boca, cuando sintió una mano sobre su hombro.

—¿No me conoces…? Yo soy Fermín, el hijo de Braulio.

—¡Ah, sí…! Disculpa —Sigfredo acercó una banqueta—. ¿Qué haces por acá?

—Yo vivo aquí, ¿y tú…?

—Nada… Pasando un curso.

Sigfredo había empezado a sentirse mejor. No le gustaba tomar solo, y ahora encontraba a alguien de su pueblo. Era agradable hablar de su pueblo, encontrar a alguien de su pueblo en otra ciudad.

—¿Qué vas a tomar?

—No, pongo yo. ¿Sabías que Hemingway venía a este bar? Ese busto que está allí, ¿ves?, es de Hemingway. ¿Quieres probar lo que tomaba Hemingway? ¡Cheo…! Dos Papá Hemingway.

Sigfredo observó al muchacho. Era algunos años más joven que él. Usaba ropas anchísimas y extravagantes y llevaba una mochila a la espalda. No parecía un tipo de provincia.

Se veía que frecuentaba el lugar, que era bastante conocido en ese medio, y se notaba su esfuerzo en demostrarlo.

El dependiente trajo dos daiquirís en copas enormes, con dobles pitillos y sendos agitadores con la figura de la Giraldilla de La Habana.

Sigfredo lo probó. Si aquello era lo que tomaba Hemingway…

—Esto es una limonada.

—¿Está flojo? Espérate.

El muchacho llamó al camarero y le pidió que le agregara Havana Club al daiquirí de Sigfredo.

El local estaba más animado. La conversación, que antes parecía un susurro, iba subiendo de tono. De alguna parte salía una música instrumental. El piano sonaba con suavidad y armonía transmitiendo esa paz propia de la gente que nunca tiene prisa, como si la vida fuera eterna.

Sigfredo bebió otro sorbo y se volvió.

—¿Y a qué te dedicas?

—Trabajo en Cultura. Me va bien… ¿Y tú… dónde estás pasando el Curso?

—En una escuela… Allá por casa del diablo; pero no me siento bien. Me fui. Me fui echando —Sigfredo señaló su maletín—. ¿A ti te gusta la Protección e Higiene…?

Las copas se habían vaciado de nuevo. En lo que llegaban las siguientes Sigfredo miró en derredor. El bar ya estaba casi lleno. En una de las mesas había dos mujeres que sorbían sus daiquirís. Eran bonitas, seguramente entre los 32 y los 37 años; pero debían ser tremendos puntos. Se les notaba en la cara. Aunque eran bonitas, sumamente bonitas. ¿O era el alcohol...? El alcohol solía ser traicionero. Tenía que cuidarse bien de estas trampitas del alcohol. Aunque tampoco debía ser tan exigente. Bastaba que fuera bonita, y que estuviera en esa edad, y que además...

—Me dijiste que no te sentías bien...

—Sí, pero ya estoy mejor.

Se tomaron el siguiente daiquirí. Sigfredo se sentía como flotando, en aquella ingravidez adonde el alcohol solía transportarlo. Tenía deseos de caminar, de hablar, de ver gente.

Salieron del bar. Las calles estaban concurridas a pesar del sol que castigaba con fuerza. Pasaron por la Catedral, repleta de artesanos y revendedores que ofrecían su mercancía.

Sigfredo había oído hablar de la Bodeguita del Medio, pero se imaginaba un lugar más grande y más suntuoso que aquel hueco diminuto, cuyas paredes estaban repletas de letreros.

Había una pareja muy romántica acodada a la barra. Uno de los dependientes trataba de entenderse con un grupo de extranjeros, altos y rubios. Del fondo del local provenía un olor inconfundible a carne asada y a condimentos.

Fermín era amigo de aquella gente o no sabía cómo, pero al momento estaban ante una lechonada humeante y olorosa.

—¿Queda lejos tu casa?

—Un poco. Vivo con unos parientes por allá por La Lisa, incómodo, pero no tengo más remedio. Voy a los teatros, a las ferias del libro y los festivales y eso... Es lo que me gusta. A lo mejor un día... ¿Por qué no vienes conmigo a una tertulia?

—¿Adónde?

—A una tertulia. Los miércoles hacemos una tertulia. Nos reunimos un grupo de gente que escribimos... La pasamos de lo más bien.

—A mí eso no me gusta.

—¿Por qué?

—Nunca he ido a nada de eso.

—¿Y cómo sabes que no te gusta?

—Tampoco me he bañado.

—Eso es lo de menos. Aquí a dos cuadras vive una amiga. A cada rato me baño ahí. Vamos, y me acompañas después a la tertulia.

La amiga se llamaría Elaine. Era muy amable y hospitalaria, aunque no era bonita, ni divorciada. Tenía más de 45 años, sin gustos afines, pero en aquel momento Sigfredo pensó que podía ser una de las habaneras con las que pudiera empezar un buen romance.

Era un segundo piso, allá por El Vedado, lleno de tráfico y de luces y puestecitos de café. Una muchacha de pelo suelto y brilloso abrió la puerta y les dio la bienvenida. Había una sala amplia, totalmente desamueblada. Los invitados estaban en el piso, sentados en círculo. No eran tantos como para que no alcanzaran los muebles que Sigfredo vio apiñados en la saleta, desalojados por aquella invasión de excéntricos que les agradaba estar así, en una posición tan primitiva como si fueran a encender un fuego para ahuyentar las fieras o protegerse del frío. Sigfredo se incorporó al grupo mientras Fermín lo presentaba. No se sentía bien. Tenía el presentimiento de que aquello no le iba a gustar, y ahora, perdidos ya los efectos del alcohol, se preguntaba cómo había ido a parar allí, a esa reunión de gente extraña, vestidos rarísimo, exageradamente amables, que se expresaban con una cortesía inusual.

Tampoco entendía muy bien lo que se hablaba. Llegaba uno de buenas a primeras y leía algo incomprensible de una tipa que tejía el tiempo en el río Nilo, con palabras extrañísimas como carámbano y mirabeles.

Un negrito flaco de un diente de oro leyó un cuento de un autor cubano. Trataba de un tipo loco que había aprendido a nadar en seco, y se daba chapuzones en la sala de su casa, sin agua ni un carajo. Entonces para que la gente no lo criticara ni lo jodiera más, metía la mano debajo de los mosaicos y les ofrecía pececitos a sus amigos.

Sigfredo sintió deseos de pararse y coger la calle, y caminar por el malecón y sentir el aire frío del mar, pero no se atrevía a romper aquel silencio que parecía sagrado.

La gente empezó a dar opiniones sobre qué había querido decir el autor. Tampoco se explicaba por qué un autor para decir esto o aquello, debía meterse en ese lío del loco nadando, y que después hubiera que estar adivinándole las cosas.

Seguidamente otro leyó un fragmento de una novela, cuyo autor se había ido del país. Aquella parte la entendió un poco mejor, aunque era muy contradictoria. El escritor se refería a una negra gorda que cantaba boleros en los clubes de La Habana, sin acompañamiento musical, que no hacía falta, porque su voz era única y especial como nadie en el mundo. Y era una estrella o le decían La Estrella. Sin embargo el escritor lo mismo la admiraba y la elogiaba, que repentinamente le decía Negrona, Elefante, Manatí, y toda clase de insultos.

Sigfredo iba a pedirle una aspirina a su amigo, y con el pretexto del dolor de cabeza irse hasta la Terminal de Trenes, y desaparecer de aquella Habana de gente extraña y de leones y de la Protección e Higiene del Trabajo, cuando sonó el timbre, bajito y suave, y entró una muchacha-cristal, de feldespato y arena sílice, tan frágil que parecía un adorno. Y Sigfredo tuvo miedo que tropezara, que fuera a caerse y se fragmentara en mil pedazos como un vaso soviético. Se llamaba Lucía, y saludó muy cordial, recorriéndolos a todos con la vista. Era difícil calcular si era una mujer o un ángel: sus expresiones cambiaban, y lo mismo tenía quince años cuando sonreía y era una escolar saliendo del colegio, que ciento y pico cuando se ponía seria y nostálgica por acumular tantos recuerdos. Tampoco se sabía si era gruesa o delgada: usaba un vestido anchísimo, y su cuerpo escurridizo resbalaba dentro del vestido como si entrambos hubiera otro vestido de aire…

Ahora la gente leía cosas escritas por ellos mismos. Cosas raras de tipas marítimas, con algas y pececillos y hombres-caracol, o de gente despistada que había que protegerlas de los OVNI y no de los autos porque nunca estaban a flor de tierra, pero Sigfredo tenía miedo del tiempo, traicionero, que se iba cuando menos uno lo deseaba. Fue hasta las botellas y se sirvió medio vaso de ron mientras Lucía no dejaba de mirarlo. Repartieron un té mezclado con ron, y a continuación un muchacho de espejuelos bebió rencoroso con los mansos mientras se paseaba entre los héroes con el ojo terso. Y luego otro necesitaba el brazo de un ángel llamado Juana Liliam, aunque ya no podía cambiar su reloj por un pedazo de arenas blancas. Sigfredo no entendía cómo los poetas podían realizar tales negocios, pero le hubiera gustado cambiar no su reloj, que era un Raqueta soviético, sino también su camisa y sus zapatos y los pocos sueños que le quedaban por tal de llevarse un pedazo de Lucía para tenerla siempre en el recuerdo, para no verla como ahora, nostálgica y triste, como con ciento cinco años de edad. Y cuando otra chiquita, que hablaba bajito y suave, sumamente bajito, leyó un poema de una felicidad hueca y mentirosa, Lucía siguió envejeciendo, perdiendo peso y arrugándose tanto que tuvo que venir otro en su auxilio para que ella pudiera recuperarse y sonreír, y otra vez tener 32 o 25 o estar al cumplir los 19.

La noche iba avanzando y las bebidas disminuyendo. Sigfredo quería que Lucía leyera, para recoger sus palabras y llegar a su provincia, a su pueblo, y llenar su cuarto de tatuajes como la Bodeguita del Medio..., pero ella no se movió, y el ánimo fue decayendo. Se incorporaron y se despidieron de los dueños de la casa.

Cuando Lucía bajó, detrás iba Sigfredo por si daba un traspié y se la encontraba en el descanso de la escalera. Se despidió de Fermín, se verían de nuevo, cómo no, el mundo era chiquito.

Sigfredo lo vio alejarse. Otra vez se sentía infeliz, sin una gota de jugo. Se echó el maletín al hombro. El aire del mar batía con fuerza golpeando el rostro de Sigfredo, pero Lucía no estaba. Vio a los demás que se iban rumbo al mar, universal, con sus mochilas de poemas, pero ella no estaba. Un Moskvich trataba en vano de arrancar, pero ella... Por fin se acercó al auto. Su sentido de mecánico había prevalecido. Se asomó por la ventanilla, dispuesto a prestar auxilio. Y era ella. Lucía. Sujeta al timón. Habanera.

¿Qué le pasa?

No quiere arrancar.

¿Debe ser una tupición. ¿No tienes una llave *Diez*?

Sí, mira, coge la linterna.

Las correas están en un hilo.

Tengo que cambiarlas.

Y el alternador está flojo.

¿Eres inspector?

No…, pero si se rompe en un lugar…

A lo mejor encuentro a alguien.

¿Mecánico?

Sí, pero que no sea inspector.

No soy inspector. Prueba ahora.

Sí…

Acelera… Ya está. No tiene nada.

Muchas gracias. Eres muy atento. ¿Para dónde vas?

Para la Terminal de Trenes. A lo mejor encuentro un carro roto.

¿Con una mujer?

Tal vez.

¿Profesora?

Sí, pero que no se ofenda con los inspectores.

Yo no estoy ofendida.

Yo no soy inspector.

Disculpa… Si quieres adelantar un poco.

¿Va a confiar en un extraño?

Tengo ese defecto.

En la confianza está el peligro… Menos mal que maneja bien.

No creas. He chocado tres veces. Una fue aquí, en esta esquina. ¿Y tú, has chocado alguna vez?

Sí, pero no este tipo de choques. Estaba puesta la *Amarilla*.

Ya no hay mucho tráfico.

Pero puede venir...

No te preocupes.

Es verdad. Para qué voy a preocuparme.

¿Estás molesto?

No. Ni siquiera tengo derecho a molestarme.

¿Sabes? Me das la impresión que estás... muy solo. ¿Qué te pareció la actividad?

Nada.

¿No te gustó?

No, vine porque Fermín me cayó con la lata.

Eres extraño. ¿No te gusta la poesía?

No entiendo mucho. Aunque quería entender. Cuando la vi, sentí necesidad de entender.

Eso es un piropo.

No me sé ningún piropo.

Entonces lo inventaste. Ése es mi edificio.

¿Cuál?

Este rojo. Ven para que te laves las manos.

No se moleste.

No es molestia, ven.

¿Vive sola?

¡Qué interesado!

Disculpe. No sé nada de usted.

Soy profesora de Literatura. Escribo poesía. No tengo hijos, aunque oficialmente me he casado tres veces.

¿Y extra…?

Perdí la cuenta.

Le gusta decir eso.

¿Por qué?

Se ve que lo disfruta.

Tú me lo preguntaste. ¿Eres machista?

No… ¿Y tú?

Tampoco… Aunque no tengo suerte con los hombres.

¿Y con los mecánicos?

Mucho menos. ¿No ves mi carro? Por aquí, hay elevador.

Yo tampoco he tenido suerte.

¿Con los mecánicos?

No, con las profesoras. No me gustan estos elevadores.

Guajiro.

Habanera.

Ni soy habanera ni estoy entre los 32 y los 37 años.

¿Eres bruja? No hemos hablado nada de eso.

Puedo leer los pensamientos. Entra…, estás en tu casa. Ven para que te laves. ¿Quieres a Bach?

¿A quién?

¿No te gusta la música clásica?

No.

¿De verdad?

No, ni la música clásica, ni el ballet, ni la pintura esa moderna, aunque tal vez me guste…

Este es Johann Sebastian Bach. Sécate aquí… ¿Quieres beber algo…?

Eres muy amable, pero no sé… Tengo ganas de irme y de quedarme. Me siento tan… extraño.

Es la música.

No, eres tú.

¡Suéltame…!

Disculpa…, no fue mi intención.

Eres fresco.

No, soy tímido. Tú no sabes lo difícil que es esta hora, un edificio de La Habana y una mujer tan bella… Tengo ganas de bailar.

Esa música no es para bailar. ¿Le pongo hielo a tu Mojito?

Sí.

¿O lo quieres en estrai?

Como te guste a ti. Me gusta todo lo que a ti te guste.

¿Todo todo?

Bueno, casi... Exceptuando la música clásica, y el ballet, y la pintura moderna, y el teatro y la ópera..., ah, y los mecánicos. No me gustan los mecánicos.

A mí tampoco. Son muy frescos. Toma. Ya puedes soñar. Tienes bebida y buena música.

Yo estoy soñando sin música. Hace rato que estoy soñando sin bebida y sin música.

Suéltame...

No puedo, luces tan frágil. Tengo miedo que vayas a chocar, que te caigas y te quiebres como un vidrio. Te buscaba, ¿sabes? Hace tiempo que te buscaba.

Y yo esperándote. Impuntual. Ausentista.

¡Muchacha-cristal!

Suéltame... Vamos a escuchar un poco de música. Quiero que sea bonito.

Todo es bonito. Tú, la música, tu apartamento, la ciudad, el universo.

Estás tan lleno de vida.

Tú me hacer renacer. Me sacas lo bueno. Lo poco bueno que... No pesas nada, eres un plumita en el aire.

Y tú..., un desesperado.

Está bien, pero te quiero aquí...

Deja la puerta abierta para escuchar la música... ¿Y eso...?

Me corté...

Cuéntame.

Anoche… Se me apareció un león. Entró al albergue donde estaba y yo mismo me clavé la cuchilla.

¿De verdad?

Sí…, no me atacó, pero fue terrible. ¿Sabes? El león me despertó, me sacudió, y salí a buscarte.

¿A mí?

Bueno, no eras tú exactamente, pero no podía ser otra.

Entonces es un buen animal. Hay mucha gente que necesita esas visitas.

No, más nadie. Se te llenaría la casa de gente.

Estás muy excitado.

Tú me excitas. Me gustas con delirio.

Eso está gastado.

Entonces con delirio me gustas.

Es lo mismo.

Entonces con delirio gustas me.

Tonto.

Quiero hundirme dentro de ti.

Apriétame.

Me gustas tanto…

Flojito.

No te preocupes. Seré cuidadoso. Seré…

Bésame.

Eres un ángel.

Apriétame.
Una Diosa.
Apriétame más.
Un sueño.
Dale.
Una maga.
Sigue.
Voy.
Sigue sigue.
Ven.
Sí…
Ven ya.
Sí.
Ahora. Corre.
¿Así?
Sí.
¿Hasta la vida?
Sí
¿Hasta el alma?
Sí.
¿Hasta el corazón…?
Sigue.
¿Hasta el universo?
Sigue, sigue.
Voy…
Dámela toda.
Voy…
Los dos juntos… los dos…
Lucía.
¡Corre…!

Sí…

Ya…

…

…

Quédate quieto. No-te-mue-vas.

No…

Por favor… quédate…

Lo siento… No estuve bien. Fue muy rápido.

Apriétame.

Pareces una niña, una muchachita.

Acaríciame.

Si vieras cómo te transformas, cómo rejuveneces.

¿Qué pensarás de mí…? Apenas nos conocemos y…

No te preocupes, no te aflijas.

¿Sabes? Tengo miedo.

¿De qué?

De todo. Yo también tengo mis fantasmas, mis pesadillas. Esto es un encuentro fugaz. No sé por qué me hago ilusiones. No sé por qué siento miedo de que se acabe.

No te pongas melancólica. Nunca se va a acabar. Verás que nunca…

Todo tiene su tiempo, lo sé, pero no me puedo curar de esa verdad… Al final vuelvo a estar sola.

Estás triste. No sigas.

¿Te vas a quedar…? No tengo mucho que ofrecer.

Sí, me voy a quedar. Si tú quieres me voy a quedar.

Pero si un día se acaba…

No sucederá.

Pero si un día se acaba, te vas a acordar de mí, ¿verdad?

Seguro.

¿De la luna llena? Mira cómo brilla.

Sí.

¿De hoy, diecisiete de febrero?

Sí, pero no hablemos de eso. Nos queda tiempo para… hacer con la vida algo bonito.

Yo puedo aprender la mecánica. Tú…, tú me enseñas la mecánica y yo te ayudo a comprender la música…

Esto parece una despedida, como si uno fuera a morirse. Estamos empezando.

Todo acaba, pero el arte corrige la vida. Te estoy jugando una mala pasada.

Pareces un personaje. ¿Nunca leíste a Azorín: *Diez minutos de parada*?

Sí.

¿Diez minutos que fueron veinte años?

Sí

¿Y nosotros… cuántos años seremos?

Los que tú quieras, pero si un día se nos va el tren.

Yo también perdí el tren.

¿Y te casarás con la señorita?

Seguro. Pero cambiemos de tema. Vamos a vivir, a sentir... ¿Sabes...? Me encanta todo, la habitación..., este aire por la ventana... Huele a perfume, a selva, a galán de noche.

Tú eres el galán, y la noche es nuestra.

Y la luna y la ciudad y la calle... ¡Dios mío...! Mira allí, acércate... ¿ves?

¿Qué cosa?

Allí, sobre la acera. ¿Lo ves? Dime que lo ves.

Sí.

Pero has algo, por Dios, muévete... Busca algo.

Espera..., ya se va.

¡Dios mío..., no puede ser!

Se está alejando, mi amor. Tómate un trago. Cálmate.

No puedo... Tú lo viste, ¿eh?

Sí.

¿Lo viste bien...? ¡Dios mío!

Sí... Siéntate. ¿No te gusta esa música...? Escucha. Es algo tan... inexplicable.

Pero, ¿estás segura? ¿Viste su expresión, su brillo? ¿Estás segura que lo viste?

Caramba, no pensé que fueras tan cobarde.

SOBRE EL OSO

El oso movía la cabeza y yo me incorporaba: reflejo asimilado a fuerza de repetirlo. La celda es redonda y alta como un tubo vertical. El oso, cuya cadena atada al centro le permitía circular en el tiempo como el secundario de un reloj, me obligaba a convivir rozando la mampostería, único modo de evitar sus ásperos zarpazos. De vez en cuando se abría una ventana lateral por cuya claridad asomaban potes de comida: carnes exquisitas, dulces acaramelados y manjares dignos de un monarca. Con infinita ansiedad esperaba ese momento — único placer que me era disfrutable–, hasta advertir que en la medida en que aumentaba mi volumen, mi rival lograba lastimarme con más severidad. Al principio parecía golosear mis alimentos con sus pobres ojos fijos en el rectángulo bendito, pero luego se contentaba con la obra de sus garras y bebía mi sangre con especial delectación. Calculé que ambos éramos eslabones de una cadena interminable, donde uno de los dos debía prevalecer, y me dispuse a vencer tamaña prueba, sometiéndome a una dieta que indirectamente impedía el suministro a mi rival. Durante innumerables jornadas, que eran medidas por la exactitud con que ignoraba mis raciones, el oso no consiguió debilitarme. Logré tal capacidad de adhesión a la pared, que su hocico sólo conseguía soplarme un vaho fétido y caliente, y sus uñas apenas rozaban los vellos de mi vientre. De esa forma comencé la anulación de mi adversario, dispuesto a reducirlo; pero en la medida en que él se iba consumiendo, la aterradora idea de la absoluta soledad se iba estableciendo en mi conciencia. Recapacité: preferí que algunas veces el oso me arañara, y mantuvimos así un precario balance sobre el hilo de la vida. A veces caía una lluvia densa, como si se hubieran abierto las puertas del celeste. La lluvia arrastraba el sudor de nuestros cuerpos y se llevaba nuestros ácidos olores a través de un orificio de ocasión. El agua era fría en extremo, y ambos, el oso y yo, permanecíamos temblando hasta que el cielo se cerraba y el calor de la celda nos devolvía los sudores. Entonces mi oponente dormitaba y yo solía desplazarme en mi celda o sentarme sobre el piso con entera libertad. Si el oso movía la cabeza, yo me incorporaba, reflejo asimilado a fuer de repetirlo... Así, hasta que la balanza se fue de un solo lado y mi rival terminó inmóvil en el tiempo. En mi infinita curiosidad llegué a rozarle la mandíbula, a palpar su rostro enmarañado. Yo también debía estar indescifrable. Mis ropas eran jirones que colgaban de mi piel como estalactitas de fieltro. La barba me había crecido hasta el pecho y el bigote me cubría parte de la boca. Mi uñas, lejos de doblarse o de partirse, habían adquirido una rígida dureza. Una mañana sentí ruidos de puertas, de candados, de fierros que crujían contra fierros. Eran los carceleros que se llevaban a mi oso, arrastrando el peso muerto de su cuerpo mediante una faja que envolvía su cintura. Con su partida se aclaró el ambiente de la celda, como si un aire de sabana hubiera perforado este círculo implacable. Pero apenas he podido disfrutar los metros circulares de mi encierro. Suele durar poco el bienestar del encerrado. Hace un siglo que no recibo ningún tipo de alimento. He sufrido de vértigos continuos y de una vaga sensación que no termina de girar. La celda se estira hacia el cielo como una goma interminable en cuyo final hay muchos rostros que me miran. De nuevo suenan las puertas y los fierros. Una masa tierna y delicada me examina, con inusitado terror en su mirada. Nos mantenemos a distancia durante un tiempo que parece ser la eternidad hasta que la ventana se abre, y la comida inunda de aromas el recinto. Mi rival, pegado a la pared, se dispone a engullir mis alimentos. Me aproximo a él casi hasta tocarlo, hasta donde permite mi atadura. Huele a aire manso de hierbas y de flores, de abierta y esencial naturaleza, pero él me esquiva horrorizado, circulando la piedra, receloso de mis buenas intenciones.

PAS DE DEUX

Bernabé se levantó bien de mañana, tomó café, encendió un tabaco, y se dirigió al baño viejo. Se había hecho de varios lápices y una agenda, además de una cuchilla y una buena goma de borrar. Lo otro que requería era tiempo, tranquilidad, concentración; pero apenas se hubo instalado, escuchó la voz de Felicia, su mujer, que se alejó hacia la calle, llamándolo, apagando su nombre, y luego se fue acercando intermitentemente.

—Estoy aquí —porque él se había encerrado, pero no era un prófugo para estar ocultándose de nadie. Estaba allí por cuenta propia.

—¿Dónde?

—Aquí, en el baño.

Ella se acercó y se detuvo ante la puerta cerrada, Bernabé…, tocó dos veces, sorprendida, qué le pasaba, qué estaba haciendo allí oscuro.

Bernabé ni se inmutó. Se había sentado en el piso, las piernas recogidas y la barbilla apoyada en su mano izquierda.

Felicia se volvió. Al fin su esposo dejaba a un lado la lectura y se ocupaba de algo provechoso. Seguramente ponía un cordel para amarrar los ajos y las cebollas, o cualquier tarea con qué matar el tiempo libre, tomó un poco de leche, se sirvió café; aunque quizás el pobre tenía dolores de estómago, alguna colitis o mala digestión, posiblemente un empacho… Felicia trató de olvidarse del asunto; sin embargo, veinte minutos después ya estaba ante la puerta.

—¡Qué, vieja…! No quiero cocimiento. No me duele nada.

Ella se turbó, sólo un momento, habían venido tomates a la placita, de ensalada, ¿le oía, Bernabé?, habían venido tomates…

Felicia se marchó, lo sentía, no iba a dejar la costura y los trajines de la casa para irse a una cola. Cortó unas telas, sacó unos moldes, y se puso a preparar el almuerzo. Antes, cuando Sergito estaba en la casa, era más complicada la cocina. Había que inventar y hacer dulces y sofritos, pero ahora echaba de menos aquella época hermosa en que tenía que esforzarse. Felicia peló unos plátanos y los puso a freír. De haber sido los cordeles, hacía rato que Bernabé hubiera terminado. Tampoco se escuchaba ruido de carpintería o de mecánica. Sacó los plátanos y puso a calentar los frijoles. Tal vez buscaba algo…, pero de qué se trataba, no podía ser dinero… ¿y por qué había cerrado la puerta con tanto calor y oscuridad? Apagó el fogón para ir al baño, pero entonces lo vio venir medio ensimismado y sonámbulo con aquella libreta bajo el brazo. Felicia recogió las telas y las plantillas y preparó la mesa. Se había hecho el propósito de no investigar nada, ni mostrar el más mínimo interés. Sabía que mientras menos caso le hiciera, más rápidamente se le pasaría el arrebato. Cuando terminaron de almorzar, Felicia lo vio incorporarse y coger hacia el baño con la misma libreta y una bombilla de cien watt, pero no dijo nada. Fregó la loza, preparó la cama, y durmió su siesta sin mayores consecuencias. Se levantó a la hora de siempre. Quería terminar un vestido pendiente. Le faltaba el falso y las candelillas, además de los ojales, pero apenas fijó la vista, empezó a dolerle la cabeza. Soltó el vestido. Le dio pan a la cotorra y maíz a las gallinas. Escogió el arroz y lo puso al fogón. Hacía tiempo que cocinaba lo mismo: arroz, frijoles, huevos, alguna ensalada… Antes venían el hijo y la nuera y solía matar alguna gallina, pero ahora estaban lejos, y las cartas eran cada vez más espaciadas. Felicia se bañó, preparó la mesa y fue al baño viejo, ya estaba la comida, tocó la puerta con suavidad, se le iba a enfriar, temiendo una negativa. No era rencorosa y había olvidado el asunto de los tomates de la placita. Volvió a tocar más fuerte, ¿no pensaba bañarse hoy tampoco?

Bernabé no contestó. Le irritaba que su mujer le pusiera el *tampoco* a todas las pregun-

71

tas: ¿acaso no se había bañado ayer...? Pero inmediatamente sintió remordimientos: no era culpa suya si no lo comprendía, día y noche prendida a la máquina de coser para vivir un poco más holgado y tener los cuatro pesos, bastante trabajo que le costó hacerse del título ese de María Teresa No sé qué, donde había que aprender un mundo de costura, de hombre y de mujer, y hacer bordados y calados e incrustaciones. Todo eso sin que jamás hubiera leído un buen libro, ni disfrutado una buena obra de arte. A lo mejor lograba escribir algo, y acaso ella cambiaría. Sería más amable y le cuidaría la tranquilidad, atajándole los ruidos, las malas noticias, preocupada para que no le faltase el sorbito de café sobre el escritorio. Bernabé apagó el tabaco contra el suelo. El local ya estaba iluminado: cajas, cajones, una mesa vieja, un canapé... Hacía tiempo había fabricado un baño nuevo, y desde entonces éste absorbía lo que iba sobrando en las demás habitaciones. No era un buen sitio para escribir, de la calle llegaban ruidos de motores y hacía calor, pero ya era tarde para aspirar a un sitio ventilado, en la punta de una loma, con las montañas al fondo: horizonte azul y lejano... Bernabé se incorporó. Le dolía un poco la cintura y sudaba copiosamente. Abrió la puerta y fue hasta su cuarto. Buscó ropa limpia, se bañó, se afeitó. Felicia no aparecía y tuvo que ir a los calderos.

Comió abundante y cayó de sopetón en la cama, ni siquiera advirtió a su mujer. Se sentía agotado como si hubiera hecho un gran esfuerzo. Durmió bien, sin sueños ni pesadillas, y despertó de madrugada con los primeros cantos del gallo. Hizo café, desayunó, y preparó su local: había encontrado una mesita donde apoyar, y un viejo banco de madera, pero había demasiado enredo en su cabeza. Tenía un rollo enorme de hilos diferentes que se mezclaban y se confundían entre sí. El problema era extraer un solo tipo de hilo sin dejar nada en el rollo. Cada historia era un hilo. Era preciso hallar un hilo corto, una historia sencilla, una bonita historia de amor: Bernabé recordaba a Leonides, aquella muchachita de trenzas rubias que un día desapareció de su vida, dejándole la infancia hueca y desolada; pero el niño aquel ya estaba ausente, diseminado en toda su vejez. Podía escribir la historia suya y de Felicia, de cómo se conocieron en aquel baile, y las leguas que tenía que recorrer para ir a visitarla los domingos. Era un recuerdo hermoso y tierno, pero Bernabé pensó en esta Felicia de ahora, impositiva y gruñona, y se le esfumó la inspiración. De Sergito no quería escribir. No valía la pena. Se preguntaba si realmente su hijo había existido o era una invención que prefería olvidar. El resto de su vida era una caja vacía. Los eventos más cruciales acaso daban para una composición: la vez que lo tumbó la yegua, la vez que lo mordió la yegua, la vez que lo pateó la yegua… Había otros pasajes que Bernabé iba desechando y retomando –él y el río, él y el campo, él y la gente–, hasta que cayó en el tema de la creación, este meollo de sí mismo que también era importante. Bernabé se felicitó por la idea. Ya tenía el tema: un hombre que deseaba escribir; escapar de la rutina del día a día. Su personaje podía ser un bobo, o un ciego, o un sordo mudo; pero encontró manido ese recurso, no tenía por qué impresionar a nadie: mejor que fuera un hombre normal, hecho y derecho, más bien maduro, o quizás viejo, eso era, viejo, un tipo experimentado y conocedor que un día descubre un buen regalo para dejarle a la humanidad. Se llamaría…

–Bernabé… –era Felicia, ¿estaba bravo con alguien…? ¿Por qué se había encerrado?

–Voy a hacer una obra, vieja.

–¿Una qué…?

–A escribir una obra.

De momento Felicia no entendió. Quién le había metido aquello en la cabeza. Quién había visto a un pobre diablo que apenas fue al colegio escribiendo obras… Pero ella lo sabía, presentía que en nada bueno podía parar tanta manía de leer.

El día siguiente fue una copia al carbón del anterior. Por la tarde, Felicia fue al patio y regresó con unos gajos de tilo y mejorana y los puso al fuego. Acto seguido se puso a pelar unas toronjas que envejecían en el aparador. Quizás el olor del dulce, de su dulce preferido, lo sacara de aquella obstinación. Felicia se tomó el cocimiento, puso los cascos a hervir y se dirigió al patio, se apurara, ¿no pensaba salir de allí hoy tampoco…?

Bernabé no la escuchó: su personaje iba a ser sincero. No importaba si era alegre o triste, siempre que tuviera dignidad y que fuera un tipo buena gente. Se llamaría Ignacio, eso era, Ignacio. Bernabé volvió a felicitarse. Su historia empezaría directa, nada de rodeos que pudieran desviar la atención. Cogió el lápiz: *Ignacio se levantó a las seis de la mañana, picado por el bichito de la creación, y empezó a escribir su primera obra maestra* —alguna vez había oído decir que el arte era como un bichito. Leyó los tres renglones: no tenía por qué ser una obra maestra. Bastaba que fuera una buena obra, de gente común y corriente. Tachó lo escrito y volvió: *Ignacio se levantó a las seis de la mañana, picado por el bichito de la creación…*, ahora le caía mal el *bichito*: *Ignacio se levantó a las seis de la mañana y empezó…*, tampoco hacía falta la hora: *Ignacio se levantó…* Bernabé se detuvo: Si un hombre común de buenas a primeras se ponía a escribir, los demás insensibles pensarían que se había vuelto loco. Su familia y sus vecinos vendrían a tocar, a molestar, a tratar de hacerlo salir. Sería un bicho raro, un excéntrico, un loco.

Volvió a sonar la puerta. Era Felicia, ¡no lo iba a llamar más!

—¡Vete al diablo! —Bernabé golpeó la mesa con el puño—. Yo no estoy loco ni nada por el estilo...

¿Loco...?, ella tragó en seco, ¿había dicho loco...? Volvió a llamarlo, esta vez más bajito, le dejaba el almuerzo servido.

—*Okay.*

Felicia dio media vuelta. Era raro aquel *okay.* Fue hasta su cuarto y se tiró en la cama como solía hacer por las tardes, pero sus oídos se mantenían atentos a Bernabé allá en el baño viejo. Sin lugar a dudas su marido se había vuelto loco. Cuántas gentes no se acostaban buenos y sanos, y amanecían hablando boberías. Felicia recordó a la vieja Rosa, que pasó los últimos años de su vida llamando a Bertico, aquel hijo remoto perdido en una guerra cuya causa ya casi nadie recordaba. También ellos habían perdido a Sergito, era casi lo mismo. Su hijo no era más que una porción del escaparate que crecía cada año, con alguna postal de Navidad.

Por fin logró conciliar el sueño y durmió mucho más de lo habitual. Se levantó animada, dispuesta a los mismos quehaceres cuando de pronto se acordó de Bernabé y se precipitó hacia el baño viejo tratando de recordar si aquella historia era verdad o la había soñado.

—Bernabé...

Nadie respondió.

—Berna, ¿me oyes?

—Sí...

Pero Felicia no halló qué responderle. Siempre había resuelto sus problemas dándole a la máquina de coser, como si el pedaleo le ayudara a pensar, pero esta vez era distinto y se sentía aturdida. De repente adquirió conciencia del tiempo que había transcurrido sin que mediara una caricia, un elogio, alguna frase amable. Tenía que hacer algo, y rápido si quería que el pobre tuviera chance de recuperarse, pero en ese momento tocaron a la puerta, la mujer del vestido seguramente, a qué hora, todavía no lo había terminado, lo sentía, había estado enferma, viniera el jueves a ver, iba a tratar..., Felicia abrió la puerta. No era la mujer del vestido. Era María Julia: ésta era la tela que le había dicho, viera, se fijara qué le parecía para el juego de pantalón. Muy buena, entrara, qué le iba a hacer, no había más remedio, cintura cincuenta y ocho, busto sesenta y cuatro, quién la mandó a hacerse costurera, toda la vida tras la máquina, acomodando a la gente, espalda veinte, sin vacaciones ni fines de semana, y con un millón de compromisos, talle cuarenta y cinco, ancho de sisa veintidós, ya estaba, viniera dentro de una semana a entallarse, ella le avisaría, hasta luego… Felicia cerró la puerta y regresó a la cocina, le echó azúcar al dulce de toronjas, puso el fogón a fuego lento y siguió para el cuarto: ahí estaba el libraco que Bernabé nunca acababa de leer, con el gordo y el flaco montados a caballo. Felicia tomó el libro y lo sumergió en el fondo del escaparate, detrás del maletín y de las viejas fotos de familia. Ya había tomado una determinación. Su sobrino Daniel lo ayudaría, lo sacaría de allí de la misma forma que lo llevaba al médico cada vez que se negaba. Felicia se arregló en un dos por tres, con ademanes resueltos. Antes de irse volvió al baño, iba a salir un momento, así aprovechaba la tranquilidad.

—*Okay*.

Bernabé había sentido el olor de la toronja. Un olor codificado en su memoria, y se remontó a su infancia, a su Leonides, a aquellos días de Navidad bajo la sombra de un caimito… Ahora la vida parecía más difícil, más agitada, más falsa. Los niños no jugaban a la Rueda-rueda ni le pedían la bendición a los mayores, la gente apenas se daba los buenos días… Bernabé volvió a su relato. Había logrado algunas páginas. Ya Ignacio estaba escribiendo, desarrollando su propio tema, independiente como si tuviera vida propia, pero con la diferencia de que él vivía solo, aislado, sin nadie que pudiera interrumpirlo. Tenía tranquilidad y tiempo, mucho tiempo, todo el tiempo del mundo. Bernabé sonrió satisfecho de Ignacio, que escribiría lo que él mismo era incapaz de producir. El final no importaba, llegaría solo, por su propio peso. La historia misma derivaría hacia su final. El personaje de Ignacio era un viejo que se había encerrado como si fuera a escribir... ¿Encerrado...? Bernabé frunció el ceño, pero se calmó: no era lo mismo, él saldría, él estaba allí para salir, para volar, para realizarse a sí mismo. ¿A sí mismo...? ¿Él se estaba realizando o lo estaban realizando...? ¿Acaso a él también lo estaban escribiendo? Bernabé recorrió otra vez toda la historia: allí estaba Ignacio, incansable, Ignacio escribiendo, el personaje de Ignacio, encerrado, encerrado. Fue a comenzar de nuevo, buscando una salida al laberinto. Vagamente escuchó la voz de su sobrino: qué le pasaba, abriera la puerta, Bernabé no se movió, aferrado a la historia, a su tema, a su desenlace, por favor abriera la puerta, no podía resistir la tentación de conocer el final, abriera la puerta, sentía necesidad de conocerlo, de verse en él y de salvarse.

EL CUERPO DE
APOLINAR MACÍAS

El cuerpo de Apolinar y Apolinar habían mantenido una relación sólida o lo que podría considerarse una relación bastante estable. No significa que todo fuera color de rosa, siempre hubo sus desavenencias, sus desacuerdos y disgustos, como suele ocurrir entre cualquier cuerpo y el sujeto que lo habita.

El mismo día que ambos cumplían 53 años, Apolinar tuvo una discusión con su Jefe Raimundo Caballero, en la oficina de atención al ciudadano. Llevaba dieciocho años de intachable trayectoria para que viniera un tipo, de esos que ponían allí cada dos o tres años, a hablarle en ese tono de arrogante superioridad. Apolinar presentó su renuncia, y se marchó dándole un tirón a la puerta. Al llegar a su departamento, su esposa Evangelina no lo podía creer, nadie abandonaba su empleo así como así, por un simple desacuerdo, de qué iban a vivir en lo adelante, ¿acaso no había pensado en ella cuando se dejó llevar por sus desaforados impulsos?

Apolinar se enredó en una discusión con su esposa, llamándola ordinaria y soez, y falta de sensibilidad, y tantos reproches, incluyendo al hijo que nunca pudo darle, que cuando ésta terminó por empacar sus cosas e irse con su hermana a la vieja casa paterna, el confundido Apolinar estimó oportuno tomarse unas pequeñas vacaciones.

El sábado por la noche ya se sentía relajado, como si volviera a respirar aquella libertad de soltero que parecía tan lejana. Se vistió alegremente, dio una vuelta por los cines, por el teatro, y luego se metió en un bar, recuerdo de sus tiempos de juventud. Se sentó a la barra y al poco rato estaba rodeado de nuevos partidarios, divorciados como él, que buscaban un espacio y una segunda oportunidad, y no dejaron de faltar los brindis solidarios y las palmadas en el hombro como el anticipo de una nueva alianza.

Apolinar llegó a su departamento en plena madrugada. Abrió la puerta y lo recibió un silencio, que en lugar de paz transmitía abandono. Sí, las tres de la mañana, y qué, estaba en el bar con los amigos, ¿algún problema?, dijo; pero nadie se inmutó. Allí no estaba Evangelina con las manos en la cintura y la mirada cargada de reproches. Fue al refrigerador y extrajo una botella de Matusalén, que le había regalado ella la víspera del cumpleaños a las doce en punto de la noche. Tomó un vaso de cristal, se metió en su cuarto, y contempló su cuerpo ajado al otro lado del espejo. Sí, ¿y qué? ¿qué diablos me miras tú también?, le dijo desafiante. El cuerpo no le respondió, pero casi inmediatamente empezó a recriminarlo, no sólo por haber abandonado su trabajo, sus obligaciones, y su propia mujer, sino por el desinterés aquel que mostraba por la vida, parece que no te importa nada en el mundo. Apolinar no lo podía creer, quién diablos era él para meterte en su vida, acaso su mujer no debió mostrarle la mayor comprensión y solidaridad, precisamente en una fecha tan especial, acaso en los dieciséis años de matrimonio no la había apoyado siempre en las buenas y en las malas. No te hagas la víctima, que tan mujer es tuya como mía, replicó el cuerpo, y yo tampoco he dejado de complacerla en sus deseos y caprichos. Estás reconociendo entonces que ella es caprichosa. Tener algún capricho no significa ser caprichoso. Bah, qué sabrás tú de esas cosas, respondió Apolinar, no tienes ni siquiera voluntad, y se sirvió un trago de la botella. Sin embargo el cuerpo lo detuvo en el acto. No quiero beber, y echó la mano hacia atrás. Pero yo sí. Pero yo no. ¿Por qué no? Porque no me da la gana, y si sigues jodiendo te vas a quedar solo. ¿Quién rayos te crees, so estúpido?, no eres más que una masa incapaz. Aquí empezaron a caer en el tema filosófico: Seré una masa incapaz, pero existo antes que tú. Mientes, yo siempre estuve aquí, dentro de tu jodida naturaleza, quién si no yo, ordenaba tus movimientos, tus avances, tus lentísimos progresos. Esa orden venía del cerebro, y el cerebro es parte mía, del cuerpo. El cerebro sí, pero la idea que soy yo, estaba primero que tu estúpido cerebro. Cállate. Cállate tú, dijo el cuerpo y le dio la espalda. No podrás vivir sin mí, careces de inteligencia, de voluntad, de fuero interno. Si eso fuera cierto no podría rebatir como lo hago ahora; los cuerpos también somos capaces.

De esa manera, Apolinar y su cuerpo, dejaron de convivir en el mismo sitio que ambos ocupaban. Lo primero que sintió el cuerpo fue una paz interior, el fin de una tiranía como en sus tiempos iniciales cuando Apolinar apenas asomaba su retorcida presencia. Se tomó el trago y el resto de la botella, sin la más leve inquietud.

Seguidamente se vistió y fue a pedirle disculpas a Evangelina. Sin embargo, ella, como es natural, aún estaba enojada, Aléjate de mí, Polo, no quiero verte. Calma, mujer, no me hables de Polo, soy el cuerpo, lo abandoné por soberbio y arrogante. Estás borracho, dijo y le tiró la puerta en la cara. Sí, mi amor, balbuceó el cuerpo, porque como realmente carecía de espíritu de lucha, de fuego interior para defender sus puntos de vista, se marchó con el rabo entre las piernas.

Se dio cuenta que no lo movía ninguna idea suprema, ni lograría elaborar grandes soliloquios; sin embargo, de modo muy elemental, no podía decirse tampoco que no fuera capaz de originar ideas, y pensó que si recuperaba su empleo, Evangelina volvería a sus brazos. Ahora estaba sumamente desamparado y sentía por su esposa, una necesidad carnal casi imperiosa.

Así que al día siguiente se apareció en la Oficina de Atención a las Quejas de la Ciudadanía. Estaba dispuesto a disculparse con su jefe, a realizar su trabajo como lo había hecho siempre, quiero ver al supervisor Raimundo Caballero, le dijo a una joven desconocida que atendía la puerta. El supervisor, que pareció escucharlo de la oficina contigua, lo hizo entrar con un discreto ademán. Verá usted, Raimundo, estoy muy avergonzado con todo lo ocurrido; realmente no tuve en cuenta lo generoso que ha sido conmigo durante todo este tiempo, y me dirijo a usted…, el cuerpo de Apolinar hablaba así, como si estuviera escribiendo una carta; pero no pudo terminar la frase. Lo siento, Apolinar, la señorita Leonor está ocupando su puesto. No soy Apolinar; aunque parezca extraño, mi querido Raimundo, me he quedado solo, es decir, no más soy el cuerpo, necesito mucha solidaridad y comprensión del resto de… Vamos, vamos, Apolinar, no estamos aquí para perder el tiempo, y le señaló la puerta de la calle. Con permiso, musitó el cuerpo, todavía agradecido, porque a fin de cuentas su jefe había sido capaz de atenderlo.

Esa tarde se presentó en el Ministerio del Trabajo. Tenían una plaza de sepulturero, y otra en la oficina de correos. El cuerpo de Apolinar sintió un escalofrío de imaginarse abriendo huecos, enterrando cuerpos sin alma como el suyo, era como enterrar sus propios compañeros, como enterrarse a sí mismo. ¿En qué cosiste la del correo? Mensajero Temporal, pero no se descansa los fines de semana. ¿No tiene algo diferente? Bueno, el Contrapunteo Cubano del Tabaco, un plan territorial que no paga mucho, pero considerado esencial para el desarrollo del país, aparte de que a todo el mundo le hace mucho bien el ejercicio del cuerpo, salud en cuerpo y alma, compañero. El cuerpo de Apolinar estuvo a punto de confesarle que no tenía alma, pero calculó que si la salud del cuerpo era capaz de ayudar al alma, él, que era cuerpo único, le sacaría más provecho. ¿Cuándo hay que empezar?, preguntó entusiasmado. Llene esta planilla y esté mañana a las seis frente al teatro. De allí salen los camiones.

El primer día no le fue tan mal. Hacía tiempo que necesitaba aquel baño de sol, de naturaleza abierta y relajante. A partir del segundo, sin embargo, casi no podía colocar las posturas en el surco, le dolía la espalda, el abdomen, y los músculos posteriores de las piernas. Estuvo así todo el resto de la semana, maldiciendo a los indios por patentizar semejante planta maldita.

El sábado descansó la mañana, luego se dio un poco de masaje con manteca de corojo, se bañó y salió a recorrer la ciudad. Extrañaba a su mujer, pero le pareció estúpido ir hasta su casa así, sin argumentos, lo cual achacó a eso de ser un cuerpo solo.

El lunes amaneció en el Ministerio del Trabajo. ¿Todavía existía el empleo de mensajero? El funcionario no lo reconoció a primera vista, pero la pregunta, por sí misma, indicaba que había estado allí antes. Es muy grave abandonar el Contrapunteo, se considera poco menos que desacato. Ya sé, pero no se trata de eso, estimado compañero, simplemente sería más útil en el correo; estaría comunicando a la gente, uniendo personas de todas partes, llevando saludos, felicitaciones, novedades familiares, dijo, y se quedó asombrado de la forma en que había elaborado su discurso, lo cual le confirmó que un cuerpo, por muy único que fuera, podía superarse.

Al día siguiente salió del correo municipal con un morral de cartas colgado de una bicicleta de fabricación china. Nunca había conducido semejante aparato; pero como todo lo hallaba razonablemente posible, se fue caminando junto al vehículo, pensando que eso de aprender era cuestión de un par de horas. Cada vez que asomaba a una pendiente, se subía a la bicicleta, con el silbato en la boca y la gorra de medio ganchete, y se dejaba caer como alma que se lleva el diablo. Terminaba de bruces sobre el pavimento, bajo el asombro de los adultos y la risa de los niños. Se raspó el codo izquierdo, las dos rodillas, los carpos y los metacarpos y el tobillo derecho por el que manaba un hilillo de sangre. En la tarde le cayó un aguacero, y concluyó su reparto bien entrada la noche; pero lo más deprimente era verlo, a esa altura de la vida, aferrado del manubrio, tratando de conseguir el equilibrio.

Sin embargo era un cuerpo tenaz y todo fue asunto de adaptarse. Poco a poco iba logrando la armonía en las bajadas, en los tramos rectos y en las curvas menos pronunciadas, y se lamentaba por no haber disfrutado a su tiempo tan fascinante vaivén. Se sentía como un ave, sujeta entre las alas del viento.

El jueves por la tarde, cuando salía con su último reparto, vio una carta para Evangelina Herrera, su esposa, dirigida allá donde vivía con su hermana. La remitía un tal Gonzalo Capestane, desde el vecino Palmarito. En su vida había oído hablar de él, y he aquí que apenas unos días fuera de su casa y ya su esposa empezaba a recibir correspondencia de un extraño. El cuerpo no pudo evitar un ligero escalofrío, qué falta le hacía en ese momento el espíritu calculador de Apolinar; pero no se dio a sacar conclusiones ni a preparar estrategias. Conocía bien la casa, de modo que terminado el reparto llegó hasta el portal de celosías para dejar la misiva y esfumarse, pero en ese momento la puerta se abrió y apareció Evangelina en el umbral, elegantemente ataviada, con un aura de fragancia que inmediatamente los envolvió a los dos. Hola, dijo el cuerpo de Apolinar, un poco turbado. Ella pareció reparar en su rara indumentaria. ¿Trabajas en el correo? Así es, y le entregó la misiva. Evangelina leyó el remitente, Oh, de Gonzalo, suspiró melancólica, con un brillo picaresco en la mirada. El cuerpo de Apolinar por poco se traga el silbato. ¿Quién es?, preguntó tímidamente. Evangelina volvió a la realidad y frunció el entrecejo. Perdona, se excusó él, y con la misma subió a su bicicleta desesperado por salir de aquel embrollo; pero he aquí que su destreza, como ya se dijo, no era para nada aceptable. Se bamboleó a ambos lados, una, dos, tres veces, y cayó golpeándose contra el contén de la acera.

Cuando despertó tenía un totomoyo del tamaño de un limón a un costado de la sien derecha. ¿Te duele mucho?, le preguntó Evangelina, que le aplicaba un pedazo de hielo envuelto en una toalla. Sólo un poco, parece que perdí el equilibrio. No lo perdiste, Polo, le aclaró ella, tú nunca lo has tenido.

El cuerpo de Apolinar se marchó apesadumbrado. Por el camino compró una botella de ron casero y cuando llegó al departamento, sacó un taburete hacia el balcón y se puso a beber contemplando la noche. Un sinnúmero de estrellas brillaban en el firmamento, ausentes y lejanas. Comprendió que su mujer ya no lo quería, que no le importaba un miserable comino y se sintió el cuerpo más desdichado del mundo. ¡Qué poca cosa era un cuerpo para enfrentar los desafíos de la vida! Cuánto hubiera dado porque Evangelina abriera la puerta de la cocina y lo insultara por estar bebiendo, emborrachándose un día entre semana sin que hubiera una ocasión especial ni nada por el estilo, eh, Polo, Apolinar Macías, ¿me estás oyendo…?; pero allí no había nadie que le reprochara nada. Era un cuerpo solo, y ya se sabe lo que eso significa. Empezó a tararear un viejo bolero, que hablaba de mujeres ingratas que habían pagado mal a sus hombres, arrojándolos al pantano de la desesperación y, cuando vino a darse cuenta, sintió como que alguien lo observaba. Miró hacia atrás, pero no vio nada, luego a los lados, arriba, hasta escuchar una voz inconfundible. Qué tal, ¿qué dice ese cuerpo? Era Apolinar. Vaya, regresaste, ¿quieres un trago?, invitó el cuerpo, que no salía de su asombro. No puedo, soy un espíritu. Cómo puedes hablar así, sin cuerpo. Trucos que uno aprende, tanta gente que escucha voces, de dónde crees que salen; pero ése es otro cuento, lo cierto es que no puedo saborear un trago, tendría que entrar en ti nuevamente. El cuerpo no tuvo capacidad de discutir. Asintió con un movimiento de cabeza, y Apolinar volvió a instalarse en su sitio de toda la vida. Este ron está horrible, dijo apenas sintió la ardentía. Es lo que hay, le respondió el cuerpo. ¿No tienes dinero?, ¿por qué no vamos a un bar? ¿A un bar? Claro, tengo ganas de ver la calle, los lugares, la forma de las cosas.

Poco rato después entraban al bar del hotel Miraflores, un reducto discreto, donde en otros tiempos había flores que mirar, y venían de vez en cuando a emborracharse.

Apolinar y el cuerpo se sentaron a una mesa, y el cantinero les sirvió medio vaso de ron de producción nacional. Levantaron el recipiente único y brindaron. Bueno, y qué tal, cómo te ha ido sin mí, preguntó Apolinar, no debiste tener muchos conflictos. El cuerpo se pasó la lengua por los labios. No muchos, la verdad, aunque a veces es mejor tener conflictos, hace tanto tiempo que no me pasa nada. ¿Y Eva?, preguntó Apolinar. No sé, ayer fui a llevarle una carta, por cierto, ¿tú te acuerdas de un tal Gonzalo? ¿Capestane?, preguntó Apolinar. Ése mismo, Gonzalo Capestane. Apolinar no podía creerlo. No me digas que apareció por aquí, era el novio de Eva cuando nos conocimos; ¿no te acuerdas aquella vez que nos peleamos con ella, y el cabrón se la llevó a vivir con él?, qué mala memoria tienes. Sabes bien que la memoria no es mi fuerte, se disculpó el cuerpo; pero Apolinar seguía intrigado. ¿Qué pasó con Capestane? No sé, seguramente se enteró de que nos separamos y le hizo una carta. ¿Y qué decía la carta? Cómo voy a saberlo. ¿No la abriste?, ¿no fuiste capaz de interceptarla? Claro que no, soy un empleado de correos. El cantinero les trajo otro vaso de ron y ambos se mantuvieron durante un rato en silencio. Bueno, ¿y tú?, dijo el cuerpo, cuéntame algo, cómo es la vida esa de andar sin cuerpo por ahí. Apolinar esperó que el siguiente trago hiciera su entrada para olvidarse del fantasma de Capestane. No tengo sentidos propiamente dichos, pero muchas sensaciones, de paz, de preocupación, de sosiego, en dependencia del país. ¿Qué quieres decir? Que como carezco de cuerpo puedo viajar donde quiera en fracciones de segundo, llegar a cualquier sitio, disfrutarlo, por ejemplo me encantan las sensaciones de los puertos, el fragor de las pescaderías. ¡No me digas! Así es, por eso mismo sé que me has extrañado, así que no trates de engañarme.

Dos tragos después habían logrado la reconciliación, que como bien dice la gente son muy dulces, y terminaron borrachos y abrazados como hermanos siameses.

A la semana siguiente el cuerpo y Apolinar recuperaron su empleo mediante una carta de reclamación que enviaron al organismo superior, y quince días más tarde lograron traer a Evangelina de regreso. Ambos sentían compasión hacia ella luego de haber vivido la increíble aventura de su separación. No era lo mismo ellos dos que una pobre mujer, única e indivisible. Sin embargo, algo había pasado con ella. Su esposa se había transformado en un ser esquivo, frío, inabarcable como una planicie infinita. Qué te ocurre, mujer, solían preguntarle, pero ella apenas los escuchaba. El fin de semana se fueron los tres a celebrar el reencuentro, y luego de varios Mojitos en el hotel Primavera, Apolinar y su cuerpo le preguntaron por Gonzalo. ¿Qué Gonzalo? Capestane, vieja, cuál Gonzalo va a ser. Ah, el pobre, dijo ella embelezada. ¿Pobre por qué? Porque se quedó…, se quedó clavado en el tiempo, pero sigue siendo igual de cariñoso y de atrevido. No me digas que vino a verte, que salieron, que te acostaste con él, sentenció Apolinar, adelantándose a su cuerpo. No, Polo, Evangelina suspiró largamente, son tantas las mujeres que una tiene dentro…, se llevó la copa a los labios, debía deshacerme de unas cuantas, empezando por la idiota esta que ahora mismo está contigo.

EL CUENTO DEL HUECO

Berto se mecía en su sillón, como hacía todas las noches durante los últimos años, cuando vio al borracho que dobló frente a su casa, dando bandazos de un extremo a otro. Sólo entonces se acordó del hueco. Aquel trozo de vía tenía un hueco. La tapa de la alcantarilla había desaparecido con la última inundación, dejando la boca negra y acechante, y camuflada por el escaso alumbrado.

Inicialmente Berto quiso advertir aquel peligro, pero luego empezó a concebir la caída del hombre, a desear el resultado, mirando cómo se acercaba más al orificio, con aquella especie de aversión que sentía por los borrachos, hasta que lo vio desaparecer tragado por la tierra.

Berto esperó un rato, pensando verlo salir de la negrura, despachando maldiciones y juramentos; pero transcurrió un tiempo razonable, y el hombre no daba señales de vida.

Por fin se metió en su cuarto, le pidió la pastilla de la presión a su mujer, y se recostó en la cama mientras escuchaba los violines de algún programa dominical. Aunque la televisión tampoco estaba hecha para él. Había vivido rodeado de silencio, casi al margen de la electrónica, y la televisión le parecía demasiado bulliciosa. Únicamente veía *Escriba y Lea*, un programa histórico donde un panel de eruditos acertaba sucesos y celebridades, y cuyos contenidos lo habían asomado por primera vez a un mundo vasto y desconocido, de innumerables geografías y personajes famosos. El hombre que acababa de caer en el hueco, era una de las pocas cosas que le ocurría en mucho tiempo.

Se había casado a los treinta y cinco años con la única novia que conoció y en veinte años de matrimonio no lograron descendientes. Al principio no se notaba esa ausencia: la casa se llenaba de sobrinos que venían a registrarlo todo, poniendo de cabeza las habitaciones, y haciendo en casa de los tíos cuantas atrocidades les prohibían en la propia, abusando de aquellos padres huérfanos y tolerantes; pero con el tiempo los sobrinos se fueron alejando, casándose en otros pueblos, generando otros sobrinos desmemoriados de su pasado, y la casa se convirtió en esta especie de sanatorio donde nada ocurría fuera de su propia memoria.

Berto se tomó su pastilla con medio vaso de agua, y durmió profundamente, sin despertar en toda la noche.

Se levantó a las cinco de la mañana para vender la leche en la bodega, coló el café, se

vistió, y luego de haber recorrido un buen trecho, tuvo que regresar en busca de las llaves.

Cuando salía de nuevo miró en dirección al hueco, y adivinó la cabeza del borracho,
más oscura en las sombras de la madrugada.
Esta vez ni siquiera sintió impulso de ayudarlo,
y confió a la eventualidad aquella labor des-
agradable. Tenía un pésimo humor. Siempre
amanecía de mal humor hasta que el día comenzaba a definirse y el pueblo se llenaba de
movimientos. La tranquilidad era para la casa,
en la bodega prefería la actividad física y el ajetreo. Sin embargo, durante la venta de leche se
le rompieron dos litros, luego actualizó los papeles del almacén, vendió unos granos, y a las
once, cuando cerró para volver a su casa, todavía estaba de mal humor.

Julia, su mujer, tenía listo el almuerzo, y
desde que lo vio se puso a preparar la mesa.

—¿Estás malo…? —se sorprendió de
verlo ir directo hasta la cama.

Siempre se ponía a ayudarla. Era un
marido ejemplar en eso de compartir la cocina
y las tareas de la casa, y realmente no tenía de
qué quejarse. Berto le era fiel hasta la saciedad
a pesar de que nunca pudo darle un hijo. Vi-
vían en una casa confortable, se llevaban bien,
y cada uno en secreto se sentía solidario de la
orfandad del otro.

—Creo que me va a caer gripe.

97

Ella exprimió dos limones en un vaso de agua, y le alcanzó una aspirina.

—Ya está el almuerzo.

—No tengo hambre.

Berto trató de echar un sueñecito, pero no conseguía dormirse. Estaba seguro de que al llegar a su casa, su mujer le contaría del borracho que se había caído en el hueco, *en el mismo hueco que tanto has luchado por tapar;* pero antes de abrir la puerta, creyó haber visto la cabeza del hombre, como una sombra acusadora. A un costado de la vía daba el fondo de una fábrica de tabacos, y por el otro corría una zanja paralela a la calle. El hueco donde había caído el borracho desembocaba en la zanja. Lo sabía por los muchachos que ponían a navegar barquitos de papel en los días lluviosos. Durante el resto del año era infrecuente ver a alguien por aquella calleja; pero aún así, le pareció irreal y absurdo que el tipo permaneciera en el hueco.

Toda la tarde se sintió mareado y sin fuerzas. Pasó la jornada en las nubes, deambulando entre frijoles y sacos de arroz, y tropezando con sus compañeros de trabajo.

Cuando regresó a las siete, echó un vistazo y no distinguió nada. Se detuvo, limpió los espejuelos, volvió a mirar, y sintió que se quitaba un gran peso de encima. Entró a la casa animado, con la frente erguida, convencido de que esta vez Julia le contaría la historia con lujo de detalles y todo el realce que merecía, pero ella no le ofreció ese consuelo. Dónde diablos se metía esta mujer, que sacaban a un borracho delante de sus narices, después de un día entero atascado en un hueco, y no veía ni escuchaba nada... Una cosa tan inusual en un barrio tan tranquilo, prácticamente un escándalo, y no se daba por enterada... Aunque también podía ser que el hombre se hubiera marchado solo, en silencio, para poder disimular su vergüenza; o tal vez alguien lo había recogido sin que su mujer se enterara, por qué iba a enterarse de todo, si ella estaba en sus trajines, barriendo el patio, haciendo la comida, ella era una mujer de la casa, una buena mujer y no una cualquiera para andar atrás del chismes y del dimequetediré.

Se bañó un poco más tranquilo, y la comida le pareció mejor sazonada. Luego volvió a su puesto del sillón. Todo estaba en orden. Era evidente que la pesadilla había concluido; sin embargo, quién quitaba que el borracho no se hubiera hundido más en el hueco, atraído por su propio peso. Tal vez estuviera sin fuerzas y se le hubieran doblado las rodillas. ¿Y si había muerto...? ¿Y si aún agonizaba y él no le había prestado auxilio...? Podía ser procesado: negación de auxilio, a la cárcel por dejar morir a un pobre hombre, padre de familia, totalmente desvalido y en estado de embriaguez. Porque ya se trataba de eso: de un pobre hombre en estado de embriaguez...

Desesperado empezó a balancearse mientras buscaba una salida. Casi toda la vida detrás del mostrador, dependiendo de la oscilación de una balanza, había desarrollado en él una actitud conservadora, que meditaba cada paso y sopesaba cada decisión. Aunque ahora no había mucho que meditar. Escuchó a Julia tarequeando en la máquina de coser, y calculó que era el momento oportuno. Se incorporó y salió en dirección al hueco. Necesitaba comprobar, cerciorarse, convencerse que el borracho se había ido de una vez y por todas, y escapar de aquella incertidumbre. Llegó hasta el orificio que ofrecía su boca cuadrada y oscura, y no vio nada. No obstante, cuando se agachó y extendió su mano en la oscuridad, un escalofrío intenso, un corrientazo, recorrió todo su cuerpo. Había palpado una cabeza humana, fría y rígida, y sus ojos, que se iban adaptando a la oscuridad, distinguieron un rostro semiladeado, con los ojos abiertos y la mirada estúpida y ausente. Sintió compasión, ternura, solidaridad; pero no lo socorrió ni llamó a nadie porque una conmoción lo paralizó en el acto, le congeló la sangre, la lengua, los pensamientos. Fue a retroceder, pero estaba como clavado en la tierra. Las piernas no le obedecían. Su cuerpo era una masa caótica y sintió el pecho agitado y convulso. Por fin logró incorporarse, y comenzó a andar, las piernas lentas como un enfermo de muerte, y se dejó caer en su sillón. No supo el tiempo que permaneció allí, sin hablar, sin pensar, mirando sin mirar; pero debió ser un intervalo bastante largo porque Julia se asomó al portal, extrañada de que aún no se hubiera acostado.

–¡Berto... son casi las doce...!

Berto no contestó. Sintió necesidad de confesarse, de compartir aquel secreto. Todo había sido sin pensarlo, diría, sin darse cuenta, repetiría, sin imaginarse que el asunto podía llegar a este punto, juraría. Él era buena persona, honesta, sacrificada, un hombre que servía a los demás... Pero Julia no lo entendería, cómo era posible, cómo había sido capaz de abandonar a un pobre hombre, y acostarse a roncar tranquilamente, cómo había vivido ella tantos años al lado de un ser tan indolente que no sentía compasión por la vida de sus semejantes...

Berto se tomó la pastilla y se fue a la cama, pero no pegó un ojo en toda la noche. Aquel rostro frío e inexpresivo se aparecía ante él, con las órbitas desencajadas y la vista perdida. Se levantó varias veces tratando de no despertar a Julia, se tomó dos diazepam, un clorodiazepóxido, y se sentó al borde de la cama a hojear publicaciones de los años cuarenta, adornadas de rubias hermosas y espuma de jabones y aceites de oliva, pero no conseguía desterrar aquella imagen. Le pareció que una sola noche podía llegar a medir años, décadas, y aquélla podía ser la eternidad. Ahora otro ingrediente había empezado a torturarlo: Allí junto al hueco estaban sus pasos, el rastro que conducía hasta su casa. Tarde o temprano lo encontrarían. Vendría la investigación, la policía, los perros; y todo apuntaría hacia su casa, a su persona, a Berto Martín Gallego, tan tranquilo como lo creía la gente, él lo había matado, lo había emborrachado, lo había precipitado en el hueco. Siempre tuvo obsesión por ese hueco, diría el Delegado. Es un maniático, un criminal, agente de la CIA. Paredón. Consejo de Guerra. El Tribunal Militar pidiendo paredón, fusilamiento. El fiscal pidiendo paredón, los jueces, la defensa, la ira del pueblo. Todo el mundo pidiendo paredón... Estaba tan confundido que de pronto dijo que sí, que era culpable, asesino, que lo mataran, que lo ahorcaran, que lo pasaran por las armas, que lo desaparecieran.

Por la mañana Berto salió para la bodega sin hacer café. No tenía concentración. Se puso a despachar queroseno, y el líquido se derramaba fuera; probó con el arroz y le ocurrió lo mismo. Al mediodía tampoco almorzó, y la tarde la empleó en organizar la bodega, recogiendo y empaquetando sacos de yute y cajas de refrescos. Pero trabajaba a ciegas, ausente, con el cuerpo en la bodega y la mente en el paredón de fusilamiento. Nunca antes había concebido su final de esa manera. Ni siquiera pensaba en él. La muerte solía ser una noticia, un accidente que podía ocurrirle a los demás. Cuando por fin admitió que él también era elegible, se imaginaba en su habitación, rodeado de sobrinos y de médicos y enfermeras solidarios, con Julia junto a su cabecera; pero jamás había considerado una muerte así, entre gruesas paredes, recostado a un muro gris salpicado de sangre, ante media docena de militares que le apuntaban con sus rifles, que le abrirían la piel y la carne para luego irse a beber y a fiestear sin el menor remordimiento…

Berto llegó a su casa como una sombra. Se bañó y se tiró en la cama, dejando la comida intacta sobre la mesa. Julia quiso acompañarlo al médico, pero él se negó rotundamente, y ella no insistió. Sabía que era inútil. Algo estaba alterando el curso de las cosas, y por primera vez dejó de ver el huerto que su marido plantaría en cuanto se jubilara. Ya no alcanzaba a imaginarlo con una regadera, señoreando sobre un paraíso verde de tomates y de lechugas que se extendía hacia el horizonte…

A media noche empezó a llover, anunciando una primavera abundante y generosa. A las seis seguía lloviendo a cántaros. Berto se colocó su vieja capa y salió a la calle. Aún no se había percatado bien de lo que significaba aquella lluvia bendita. Cómo no lo había pensado antes… El agua arrastraría al hombre hasta la zanja, y de ahí seguiría hasta el arroyo, hasta el río, por lo menos hasta la costa, flotando como un tronco a la deriva. Sería un ahogado más entre muchos, y nadie sospecharía que en aquel hueco se había iniciado la tragedia.

La mañana del sábado se sintió más animado, aunque desmejoraba claramente. Por la tarde le dio el primer desmayo, y abandonó la bodega. Fue un leve mareo, la vista se le nubló, y sintió que el mundo lo abandonaba.

En lugar de irse a su casa, se puso a deambular por el pueblo capturando periódicos y revistas y demás publicaciones en busca de algún indicio, de alguna información de un desaparecido, que salió tal día de su casa, con mas cual ropa, y presumiblemente en estado de embriaguez; o de un ahogado sin identificar que apareció en el Caribe, mordisqueado por peces de agua dulce y de todas las aguas, con algas en el pelo y huevecillos de tilapia en el pabellón de la oreja. Pero poco a poco se iban apagando sus esperanzas ante aquella prensa imperturbable que sólo hablaba de la recuperación de envases y de los macheteros millonarios y bimillonarios...

Murió el Domingo de la Defensa —una movilización mensual organizada por el gobierno para disuadir al enemigo imperialista—, bajo el ruido de la alarma aérea y los primeros zambombazos. Estaba como vivo, con el mismo semblante de siempre, pero a Julia le bastó comprobar que a las siete y media de la mañana su marido seguía en la cama, para saber que estaba muerto.

Por la tarde alguien halló el cuerpo del borracho, atascado en el hueco, profiriendo amenazas en su Lengua intraducible. En el hospital le aplicaron un lavado gástrico y dos sueros de glucosa, y lo hidrataron con tiamina, y con ácido fólico y ascórbico y, poco rato después, abandonaba el retiro. Esa misma noche, con la botella en la mano, se detuvo frente a la casa de Berto, cuyo portal estaba inundado de coronas, y de allegados susurrantes, y se persignó tres veces antes de seguir calle abajo, simulando un viejo tango de Gardel. Los vecinos, por su parte, no tardaron mucho tiempo en habituarse a la ausencia de Berto, demostrando buen poder de recuperación. Únicamente la viuda maldecía al destino, y juraba entre lágrimas que una semana antes el difunto

estaba fuerte y saludable… En cuanto al hueco, en fin…

EL INICIADO

A Bernabé

—¿De quién es ese maletín?

Los pasajeros se miraron unos a otros, luego sus infidentes miradas miraron al joven del labio leporino.

El policía se adelantó a sus compañeros y se detuvo frente a él.

—Bájelo.

El joven se puso de pie y tomó la valija.

—Siéntese.

Se sentó.

—Ponga el maletín sobre sus piernas.

Lo puso.

—Ábralo.

Descorrió la cremallera, y el gendarme observó el contenido.

—Ya lo tenemos —sonrió, mirando a sus colegas.

El silencio se había apoderado del coche. Solamente las ruedas del tren golpeaban los empates de los rieles, y el sonido, como una letanía inacabable, entraba por las ventanillas junto al vapor caliente de la noche. El joven del labio leporino se puso de pie y colocó su equipaje en el piso. Luego alzó la vista, inexpresiva, al oficial.

—Aquel otro también es mío.

—¿Cuál?

—Aquel de allá.

—Búsquelo.

El joven avanzó unos pasos entre los aturdidos pasajeros. Simuló tomar un equipaje; pero repentinamente, como una liebre acosada, saltó por la ventana del tren.

La pausa fue breve, apenas un relámpago. Cayó de costado sobre una pendiente dura y áspera que lo absorbía como un torbellino.

Cuando por fin se quedó quieto sintió una punzada en el tobillo izquierdo, le ardían ambos codos y la sangre le mojaba el pantalón a la altura del muslo derecho. Escuchó a lo lejos los chirridos del tren frenando contra los rieles. Trabajosamente se incorporó. Había perdido un zapato en la caída, pero comenzó a alejarse de la línea hasta alcanzar la protección de unos arbustos. El tren había retrocedido y se detuvo frente a él como un rollo de película por cuyos cuadros iluminados, los actores miraban a la noche. Vio a los agentes descender con sus linternas, y escudriñar los contornos.

Uno de ellos alzó la vista y alumbró en la dirección adonde él estaba, tal vez un centenar de metros. Luego subieron al coche y casi enseguida la locomotora pitó y el tren se puso en marcha. El joven respiró aliviado y comenzó a caminar en sentido contrario manteniendo la guía de los rieles.

El silencio era casi absoluto, apenas roto por el cojear de sus pasos en la hierba, un lento andar que sólo conseguía dilatar el tiempo. Ni un rayo de luna se asomaba en un cielo apático y sombrío. Un vaho pegajoso parecía flotar sobre las cosas, como si todo el calor acumulado en el día, la tierra lo devolviera ahora antes de recibir otra carga similar. A ratos el camino se obstruía con algún arroyuelo o una franja de marabú, y tenía que retomar la vía férrea para salvar el obstáculo, pero luego volvía a separarse.

Ya se veía un resplandor de pueblo en la distancia, cuando se sentó sobre una piedra. Se quitó el zapato y se colocó ambas medias en el pie descalzo. Tomó aliento unos minutos y prosiguió la marcha.

Era uno de esos pueblos olvidados, que había envejecido como un parásito prendido del ferrocarril. El alumbrado, pobre y difuso, era una claridad neblinosa que se diluía a pocos pasos. El joven tomó una vía más amplia y vio una luz a lo lejos. Caminó por la acera, pegándose a las casas, sin un perro que ladrara su presencia. La luz resultó ser una cafetería solitaria a esa hora de la madrugada.

– ¿Tienes algo de beber?

–Refresco de limón al tiempo –dijo el muchacho, de unos dieciséis años, que atendía el mostrador.

–Dame uno.

El dependiente sirvió un vaso con la bebida, que sacó de una cubeta mediante un jarro de aluminio, y se lo alcanzó al joven.

Éste lo bebió de un golpe.

–Ponme otro.

El muchacho repitió la operación.

–¿Algún problema?

–¿Por qué?

–Tiene el pantalón roto, y lleno de sangre.

El del labio leporino miró a ambos lados.

–Me asaltaron.

–Es normal por esta zona. ¿Quiere que llame a la policía?

–No, voy a esperar que amanezca –terminó con el refresco–. ¿Qué número tú calzas? ¿No tienes un par de zapatos viejos por tu casa? Te doy cuarenta pesos por un par de zapatos.

–No puedo salir de aquí hasta las cinco.

–No importa, yo espero.

Se alejó de la cafetería y se sentó en un banco de cemento que había en una parada de autobús, y estiró las piernas. Por la rotura del pantalón vio la herida en su muslo de la cual seguía manando sangre.

El muchacho entregó su turno y regresó a los pocos minutos con un par de botas de uso y una aguja de coser e hilo.

—Me quedan.

El joven extrajo dos billetes de a veinte y se los alargó al muchacho. Éste se perdió por una callejuela y el del labio leporino fue hasta la estación de ferrocarriles, una casona de madera de tabloncillo, la más alta del pueblo, tal vez la más antigua. Allí se metió en los baños, se quitó el pantalón y lavó las manchas de sangre. Luego ensartó la aguja con doble hilo, lo torció hasta formar una hilaza más fuerte y comenzó a coserse la herida, demasiado dura en sus bordes. Finalmente se vistió y llegó a la taquilla.

—¿Algún tren hacia el Este?

—A las nueve pasa el Ferro Viejo — contestó el anciano.

—¿Quedan boletos?

—Sí, pero tiene que ir de pie.

—Está bien, déme uno.

El regreso fue más rápido que la ida; pero cuando arribó a su pueblo, bajo un intenso aguacero, el dolor en el tobillo era poco menos que insoportable.

Un hombre mayor, de barba descuidada, abrió la puerta de su casa.

—Dios mío, estás estropeado.

—Tuve que tirarme del tren —avanzó unos pasos con dificultad.

Era una pieza alargada, con un viejo sillón y dos camas personales. La foto de una señora colgaba en la pared, con un florero y dos rosas marchitas. Hacia el fondo, la oscura cocina tenía una mesa y un par de sillas con sendos orificios en el espaldar. Encima de la cama había una palangana en la cual caían las gotas del techo. Más allá había dos calderos sobre el piso, donde la lluvia también estallaba contra el metal, una música carente de ritmo y de compás. El hombre tomó una toalla que colgaba de un cordel y empezó a secar al muchacho.

—No debías ir más. Un día te van a descubrir. Tienes el labio ese...

El joven caminó hacia la cocina, destapó un caldero que había sobre el fogón, y luego volvió a ponerle la tapa con desdén.

—¿Y de qué vamos a vivir?

—De lo que vive todo el mundo.

—Yo no soy todo el mundo.

El viejo miró la foto de la señora en la pared, luego se volvió al joven.

—De cualquier cosa, hijo, nadie va a morirse.

SEGUNDA MUERTE DE
FABRICIO

El 15 de septiembre de 1980, tras 75 años de marcha infatigable, el corazón de Fabricio Campoamores se aburrió de tanto latir y batallar para no llegar a ningún sitio. Luego de atravesar el famoso túnel del que tanto hablan los que han regresado de la muerte –más largo por cierto de lo que había imaginado–, Fabricio se vio frente a una empinada colina, cuya ladera, revestida de una capa de hierba muy fina, tenía una escalera de mármol que conducía hasta la cima, y por donde una rubia despampanante (siempre estuvo indefenso ante las rubias) descendía los escalones.

Era la joven más hermosa que jamás había visto, el ideal de princesa que todo hombre se fabrica y se reinventa en sus fervientes elucubraciones. Unos rizos dorados envolvían su rostro, en el cual, perfectamente simétricos, dos ojos casi transparentes lo miraban con una especie de cariño. Su nariz recta bajaba invicta hasta unos labios que eran la representación más exacta que podía haber de un beso. Vestía un traje rojo, aterciopelado, unos botines de invierno, y en su mano derecha, un largo puntero de madera.

—Esta es la montaña de las faltas leves. Tiene derecho a callar si así lo considera —dijo, con una voz melodiosa, como un tintinear de cascabeles.

Fabricio no entendió qué era lo que debía callar. Había sido un hombre de bien, padre de familia, trabajador, disciplinado. Durante cuarenta años al frente de la fábrica de gofio "Nuevo Amanecer", fue el primero en llegar cada mañana a observar, erguido ante la puerta, la entrada de cada uno de sus empleados. Tenía obsesión con la puntualidad, y de ser un aficionado a la lectura hubiera tomado a Phileas Fogg, el de *La vuelta al mundo en ochenta días*, como su ídolo a seguir.

Fabricio no dejaba de mirar a la princesa, que parecía esperar un gesto suyo de atención. Quiso hacer una pregunta, pero antes que moviera los labios, ella le trajo la respuesta.

—Para usted son nueve las montañas. La número dos corresponde a las faltas no tan leves, la tres incluye aquéllas de tipo profundas, y así sucesivamente.

La joven movió el puntero de un lado a otro, como si descorriera la cortina del paisaje e, inmediatamente, desapareció la colina surgiendo ante sus ojos la funeraria del pueblo. Vio a su esposa Lucrecia, sus hijos Fabricio y Rafael, y una discreta concurrencia de otros familiares, vecinos y ex compañeros de trabajo, que seguramente estaban allí velando su cadáver. Su primera preocupación fue llegar tarde a su entierro, lo cual sería el colmo de la presunción. No iba a comenzar su muerte con una indisciplina. Aun cuando no podía agradecerle a nadie su presencia, sabía perfectamente que el primer deber de un muerto era estar presente en sus exequias.

—¿Sabe qué es? –preguntó la muchacha.

—Yo, que estoy muerto –dijo Fabricio, encogiéndose de hombros.

Ella se quitó la chaqueta, que depositó sobre la hierba, dejando al descubierto una blusa blanca de mangas, ceñida a su torso. Fabricio había empezado a sentir inquietud, al parecer alguien se empeñaba en burlarse de él, en humillarlo. La joven movió el puntero de Este a Oeste, trazando un redondel en el espacio, y surgió una campiña, cuya casa de madera y techo de guano, Fabricio creyó haber visto en otra parte.

Por los alrededores de la vivienda dos niños corrían despavoridos. De pronto el mayor de ellos tomó al otro de las orejas y comenzó a tirar con todas sus fuerza. A los gritos del segundo, una joven se asomó al patio, dispuesta a socorrerlo.

Fabricio sintió ternura al contemplar la imagen de su madre recuperada del tiempo y el olvido. Entonces reconoció a su primo Evaristo, y sintió remordimientos por haberlo lastimado. Recordó que había sido un niño hala-orejas, muerde-brazos, pellizca-barrigas y se arrepintió en su corazón de aquel lejano proceder.

—¿Reconoce al agresor? —preguntó la joven.

La palabra agresor casi paraliza a Fabricio, pero ya tenía la respuesta en la punta de la lengua.

—Soy yo, pero si usted me permite...

La joven no pareció escuchar sus argumentos. Se despojó de la blusa y de la falda. Su cuerpo deslumbraba metido en aquel ligero traje de baño. Fabricio cerró los ojos. Cualquiera en su lugar hubiera perdido el juicio ante la mujer más bella del mundo; pero él empezó a sentir que el miedo lo absorbía, un miedo helado que no sabía explicar. Ella desplazó el puntero y apareció una calle, aquélla donde Fabricio había crecido. La reconoció por la guarapera de Juan Vargas ofreciendo el jugo de la caña a sus clientes, y por el billar donde los hombres solían pasar aquellas noches de su infancia. El viejo Pancho Cruz, apoyado en su bastón, intentaba apoderarse de un cabo de tabaco cuando éste dio un salto, escapando de su mano. Pancho avanzó un paso y trató de capturar aquel regalo puesto allí por la divina pro-

116

videncia, pero otra vez el cabo se movió. El anciano hizo un último esfuerzo y perdió el equilibrio, cayendo contra el cemento de la acera. Se escucharon las carcajadas de unos niños, mientras uno de ellos –Fabricio– tiraba del cordel que convertía al tabaco en un objeto escurridizo.

Fabricio apenas recordaba el incidente; pero ahora, que sabía lo que era llegar a viejo, y pensar como viejo, y sentirse como viejo, incluso más que viejo, sufrió un ataque de congoja; no obstante, trató de reponerse, de buscar algún tipo de justificación, los niños eran inocentes, criaturas incompletas cuyo escaso conocimiento del mundo, hacía que sus actos carecieran de condena ante la ley.

–Me gustaba el chiste del tabaco –dijo, bajando la cabeza.

Cuando volvió a mirar a la joven, estaba en ropa interior, envuelta en una bata de tul rojo, que el aire movía ligeramente como si danzara alrededor de sus piernas. Movió el puntero de nuevo y surgió la casa donde Fabricio había crecido, con los árboles de entonces y la misma pintura en sus paredes. Un adolescente había salido por la puerta de la cocina y depositaba un puñado de arroz sobre las lajas del patio. Inmediatamente una bandada de gorriones se precipitó a comer los tiernos granos. Fabricio sintió un alivio. Al menos las buenas

117

acciones también eran tenidas en cuenta en aquel inesperado careo, y ésas sobraban en su vida, consagrada al trabajo, a la sociedad, a la familia. Sin embargo, no había terminado de redondear sus conclusiones, cuando el adolescente extrajo un tirapiedras de su bolsillo trasero, le colocó un proyectil en la badana, apuntó al blanco, y un bultico de plumas cayó al suelo, con sus patitas temblando en su cruce hacia la muerte.

Esta vez Fabricio tampoco espero por la pregunta.

—Odiaba los gorriones —dijo, y se consoló pensando que todo el mundo mató algún pájaro en su vida, no obstante la imagen de la avecilla no terminaba de salir de su conciencia.

Fabricio empezó a agitarse. Si aquella era la montaña de las faltas leves, no quería verse ante las ocho restantes. Sus pecados leves eran pocos, pero ya no estaba tan seguro de haber sido un hombre de bien. Trató de recordar malas acciones, atropellos, eventos crueles de su lejana juventud, infidelidades, egoísmos, traiciones; injusticias cometidas en su etapa de dirigente, con medio centenar de subalternos sobre los cuales caía su indolencia, su ira o su incapacidad. Se acordó de sus placeres, de Elena, su primera secretaria, y luego de Rosita y de Isabel, esta última casada y con dos hijos, uno de los cuales sospechaba que era suyo. Por primera vez se cuestionó haber sido buen hijo, buen padre, buen esposo. Aquí no podía valerse del discurso patriótico y achacarle sus descuidos a su consagración al interés común de la nación. Su vida entera estaba allí, en esa especie de cinta de vídeo: el mundo bajo la oculta cámara de Dios.

Fabricio estaba ya horrorizado. Si hubiera tenido sangre podía decirse que se le había helado hasta el último glóbulo rojo. Un terror primitivo, anónimo, se había instalado en su mente, y su cuerpo comenzó a temblar. La joven movió el puntero como quien descorre la apariencia del mundo y surgió un cementerio, a la luz del mediodía. La gente bajaba un cadáver entre suspiros y lamentos de los familiares. El ataúd retumbó en el fondo de la fosa con su sonido de cosa hueca, como la propia cáscara del muerto. Fabricio reconoció a su esposa Lucrecia, enjugándose las lágrimas.

Cuando volvió la vista hacia la joven, ésta le tendió los brazos.

–Ven, lava en mí tus pecados, antes que pases a la segunda montaña –dijo, con un brillo increíble en la mirada; pero Fabricio estaba crispado, como si hubiera visto el mal en su estado más puro. Hizo un acopio de todas sus fuerzas y, antes que ella pudiera reaccionar, saltó a la fosa, al ataúd, y se metió dentro de su cadáver. Cuando los primeros puñados de tierra se precipitaron contra la superficie del cristal, camino a su segunda muerte, Fabricio pensó que tal vez había sido un estúpido; pero se sintió seguro, protegido. Había llegado puntualmente a su sepelio.

LEGALIDAD POST MORTEM

Ramón Díaz se sintió empujado dentro del salón y depositado en aquel banquillo de madera rústica.

—Acusado, póngase de pie.

Miró hacia atrás. No había nadie. Se incorporó. Le resultaba imposible desobedecer aquella mirada impositiva.

Un hombre situado a su derecha, inexpresivo y lento, comenzó a leer.

—El 29 de abril próximo pasado, el ciudadano Díaz Rodríguez, alias Barrita, fue sorprendido en el patio de su casa haciendo ejercicios físicos de una forma abierta y provocativa. Hechas las comprobaciones de rigor, fue instruido en el cargo de Ilegalidad Manifiesta.

No había dudas. Díaz Rodríguez era él, pero no salía de su asombro. Si bien era cierto que tenía un pequeño gimnasio, con su plataforma y su juego de pesas, nadie lo había sorprendido haciendo ejercicios ni provocando a nadie. Que él supiera, hacer ejercicios no estaba prohibido. De hecho existían lugares para tal fin. Tal vez estuviera prohibido hacerlo de forma particular. O tal vez el lío viniera por los chores. Siempre usaba esos chores, pero eran unos chores largos y decentes.

El juez principal lo interrumpió:

—¿Sabe usted qué significa esa acusación?

—No, señor.

—Lo suponía... Bien, nosotros no estamos obligados a probar su ilegalidad. Es usted quien debe demostrar lo contrario. Tiene la palabra la parte acusatoria.

Una figura delgada y calva se incorporó. Tenía un bolígrafo en su mano derecha, huesuda y larga.

—Gracias... Díaz Rodríguez, ¿cuánto tiempo le dura la comida?

—¿La qué...?

—La comida. ¿Usted no recibe una asignación mensual de alimentos? ¿Cuánto tiempo le dura?

En realidad duraba muy poco, por mucho que se estirara.

—Este... Unos diez días.

—¡Miente, señores! Para nadie es un secreto que se agota en los primeros cinco días.

—¡Protesto! —intervino una voz chillona—. No todo el mundo posee las mismas necesidades. Los metabolismos del cuerpo humano son complejos y contradictorios. Es posible que pueda durarle los diez días.

—¡No es posible!

—¡Sí es posible!

—¡Silencio! ¡Bum! —el juez dio un golpe con la masa—. Que continúe la parte acusatoria.

El fiscal se llevó una mano a la sien en tono reflexivo.

—Bien... Admitamos que sea cierto. ¿Y el resto del mes... cómo lo justifica? ¿Puede hacerlo, Díaz Rodríguez?

¿Justificar qué...? No, no iba a confesar los trucos y las maromas que hacía para que entonces lo fastidiaran... Además, qué tenía que ver todo eso con los chores y el gimnasio.

—Bueno..., uno también recibe otros víveres, fuera de esa asignación.

El fiscal sonrió con una mueca irónica, mientras extraía un papel de su bolsillo.

—Señores condenantes, éste es un informe de nuestro Correo Central —y comenzó a leer:

—En el mes de referencia fue ofertado a los consumidores un media libra de ají Chay...

El hombre pasó el documento al tribunal y se volvió al público.

—¿Puede un ser humano vivir diecinueve días con media libra de ají Chay?

Hubo risas y exclamaciones de desaprobación. Todos se parecían entre sí, en sus rostros desencajados, en su niebla borrosa, casi transparente.

—Señores jueces, es indudable que dentro de la ley, mi acusado hubiera muerto. ¿Qué hizo…, robó un banco, desvalijó una bodega, asaltó un tren…? Nada de eso nos incumbe. Lo importante es su ilegalidad. Por tanto, atendiendo a la forma en que derrochaba calorías en su gimnasio, casi descaradamente, pido le sea ratificada la sentencia a la Pena Capital, y pueda recuperar su legalidad post mortem.

Ramón Díaz miró en derredor, buscando alguna solidaridad, pero sólo encontró miradas llenas de reproches. Lo único que él hacía era conseguir frutas y azúcar, con las que elaboraba barritas de dulce, muy buenas que le quedaban, pero de ahí a asaltar un tren iba un gran trecho.

—Acusado, responda Sí o No al abogado de la defensa.

Otro individuo se puso de pie. Vestía un traje oscuro cuyo saco estaba gastado a la altura de los codos.

—Muchas gracias… Estimado reo, ¿ha padecido usted alguna enfermedad… sarampión, rubéola, varicela…?

No había padecido ninguna enfermedad.

—No, señor.

—¿Ha estado ingresado en algún hospital o sanatorio?

—Tampoco —ni que Dios lo quisiera.

–¿Tiene usted algún impedimento físico o mental que limite su esfuerzo o capacidad?

–No –Ramón tocó madera.

–Me basta, Señores condenantes. Si bien es cierto que estamos ante un caso típico de Ilegalidad, me declaro en desacuerdo con mi contraparte. La naturaleza fue generosa con él y lo dotó de resistencia y salud. Creo que dentro de la ley, mi defendido no estuviera muerto, ni siquiera grave de salud. Por tanto, si sustituimos la sentencia a la Pena Capital por la de Enfermo Simple, pudiera recuperar su legalidad según el Versículo 1.1 raya A de nuestro Condenatorio Vigente.

Los jueces se pusieron de pie y se fueron a deliberar a otro cubículo.

Ramón Díaz permaneció pensativo. Sabía que tarde o temprano esto le iba a suceder, pero no estaba preparado para enfrentar el momento. Se acordó de su vieja ante la imagen del Sagrado Corazón de Jesús: Ten cuidado, hijo, siempre hay un ojo que lo ve todo. Las madres eran así, pero qué diablos iba a hacer. Aquí todo estaba prohibido. No iba a morirse de hambre ni a cruzarse de brazos a esperar que las cosas cayeran de cielo.

Los jueces volvieron a sus asientos. El murmullo que había resurgido, se fue aplacando.

125

–Acusado…

Ya Ramón Díaz estaba de pie.

–Este tribunal lo declara culpable de Ilegalidad, pero teniendo en cuentas sus facultades biológicas, lo condena a la pena de Enfermo Grave, sin peligro para la vida.

Qué significaba todo aquello de Enfermo Simple y Enfermo Grave. Que le pusieran una multa, o seis meses en una granja o lo que fuera. Él era un hombre y no le tenía miedo a la cárcel ni al trabajo.

–¿Y qué hay que hacer? –preguntó.

Nunca había estado en un juicio como aquel, y se sentía perturbado.

El juez principal miró en derredor.

–Ejecutor.

Una sombra gris se puso de pie. A su derecha, perfectamente entongados, había una pirámide de ladrillos refractarios. A su izquierda sobresalían equipos médicos, agujas, pomos de sueros, jeringuillas desechables…

–¿Cómo se aplica la sentencia?

–Hay dos métodos.

–¿Qué dice…? –preguntó Ramón.

–Dice que hay dos métodos. Hable más alto.

–Sí, señor. Está el *Reversus Beneficiu* y el *Fulminans.*

–Explíquese.

–Sí, verá usted. El primero consiste en extraerle al condenado cierta cantidad de glóbulos rojos, leucocitos y plaquetas, hasta lograr la gravedad deseada.

–¿Y qué se hace con esa sangre?

–Pasa al Fondo Social.

–Muy bien. Está claro lo de beneficioso. ¿Y lo de reversible?

–Casi siempre, señor, se requiere de una transfusión similar para que el enfermo pueda recuperar su salud.

–¿Y quién asume el gasto médico?

–El propio Fondo.

–Bah, un desastre. Ni pizca de rentabilidad. Hay que perfeccionar ese método… ¿Y el otro fulminante?

–Consiste en una serie de impactos (ladrillazos) por el encéfalo y el bulbo raquídeo sin provocar derramamientos de sangre.

¿Ladri…qué? ¿Qué se creía esta gente? Ni se iba a sacar sangre ni le iban a dar el ladrillazo. Nunca se había sacado sangre, y la idea del ladrillazo lo tenía en un puro escalofrío.

El juez asintió lentamente.

–Me gusta ese sistema. El dolor físico corrige los devaneos de la mente.

–También tiene sus defectos, señor.

–¿Cuáles defectos?

—Por muy bien aplicados que sean los impactos, no todo el mundo posee la misma resistencia en la bóveda craneana.

—¿Qué quiere decir?

—Que a veces un condenado a Enfermo Simple termina en Grave, o en Pena Capital.

—¿Y entonces…?

—Se realiza su sepelio, pero al ejecutor se le acusa de abuso en el ejercicio del cargo, y puede ser devuelto a la vida. El cruce por la frontera es muy doloroso, señor. Por eso nuestra existencia es tan difícil.

—¿Usted está quejándose?

—¡No…! De ninguna manera… ¡Qué cosas se le ocurren! Si mi oficio es maravilloso… En realidad… Ya no sé ni lo que digo. Creo que voy a solicitar una rebaja de salario.

Ramón Díaz no terminó de escuchar aquel diálogo: subió encima del banco y se sintió fuerte y enérgico ante aquellas criaturas. Toda la vitalidad de su ser se estremeció como un resorte. Nadie iba a condenarlo a la Pena Capital ni a Enfermo Nada.

—No pueden condenarme –gritó–. Ustedes están vacíos y locos. ¿Acaso no reciben la misma asignación que yo? ¿Cómo pueden probar que están vivos o que son legales?

El juez principal sonrió con cierta complacencia.

—No estamos vivos, acusado.

—Somos víctimas de la legalidad —sentenció el juez de la derecha.

El otro juez se puso de pie:

—Por ella perecimos. Los ilegales no tendrán cuartel con nosotros, ¿qué le parece?

—Que me estoy yendo ahora mismo.

Ramón se tiró del banco y les dio la espalda.

—¡Espera, atájenlo, guardias…!

Se formó un gran revuelo en todo el salón, pero los guardias, así como sus rifles y sus atuendos y el público, eran amorfos y se atravesaban unos a otros como sombras de humo.

La tranquilidad se estableció cuando hizo su entrada el siguiente ilegal, y ocupó su banquillo.

Ramón Díaz llegó a su casa sin fijarse en el camino. Al diablo. No había nada más legal que estar vivo y saludable. Se acordó de su vieja con la Biblia: Deja que los muertos entierren a sus muertos. Hizo una timba de queso con dulce de guayabas y se la llevó a la boca:

—¡Ilegalidad, bah!

PARÁBOLA DEL BUEN SER

La Comisión Central de Todos los Asuntos llegó a Paraísa un domingo pasado el mediodía. Había caído un aguacero en horas de la mañana, pero el sol secó las calles y el entorno rebrillaba, con ese brillo con que brillan algunos pueblos de provincia. La comitiva fue hospedada en el único hotel con que contaba el municipio, clausurado por no tener qué ofertar a los desesperados usuarios. Ahora había sido pintado y reabastecido, y algunos de sus antiguos empleados fueron requeridos para atender como correspondía a tan prominente visita. Un cartel a la entrada del vestíbulo le daba la bienvenida, y por los alrededores de la calle principal fueron engalanadas las fachadas y pintados los postes de alumbrado y los contenes de las aceras; sin embargo, el pueblo entero languidecía en la inopia, los mercados desprovistos, las calles desiertas, las caferías, bares y demás dependencias gastronómicas sólo ofrecían infusiones de Mejorana, Cañasanta, Tilo, Anís, Manzanilla y un sinfín de plantas medicinales rescatadas de la tradición, pero con un escaso valor nutritivo.

Durante una semana los inspectores midieron, registraron, hurgaron y rastrearon cada organismo del municipio, con muy pocos señalamientos que hacer, lo cual se hacía notar en la sonrisa cada vez más complaciente del Inspector General.

El penúltimo día la comisión fue invitada a una cena de despedida en la residencia del alcalde, una casona colonial rodeada de árboles ornamentales y cámaras de vigilancia dispuestas por los alrededores.

La cena estuvo deliciosa, relajada, una repetición del año anterior y de los últimos diez años. Se habló de los avances del territorio, totalmente acordes con los logros del país durante el mismo período; y se hicieron notar algunos aspectos, los menos, sobre los cuales debía esforzarse la dirigencia local.

Esa noche, sin embargo, antes de irse a sus habitaciones para preparar el feliz regreso a la capital, el Auditor de Finanzas llamó la atención del grupo cuando catalogó de sospechosa la normalidad que reinaba en aquel sitio:

—Parece una paz artificial, como prestada o fuera de lugar. La gente asiente, obedece, aplaude, casi ni habla. ¿Nadie escuchó ninguna crítica al gobierno?

Los inspectores estaban obligados a recoger el estado de opinión de los pobladores con relación a cualquier tema de actualidad.

—Yo escuché algunos comentarios referentes al Cruce Bovino-Porcino-Caballar —dijo el Defensor del Medio Ambiente.

—¿Como cuáles? —preguntó el Inspector General.

—Por ejemplo, que cuando se pusiera en práctica tan extraordinaria genética, iba a haber tanta carne combinada, que nadie iba a saber qué hacer con ella.

—Estupendo comentario ése. Anótalo como anécdota curiosa.

—Yo también oí decir a un grupo que gracias a las infusiones, habían bajado de peso, propinándole una derrota al flagelo de la obesidad —señaló el Encargado de Agropecuaria—; pero uno de ellos no tuvo reparos en señalar que el pueblo se estaba muriendo de hambre.

Hubo un pequeño desconcierto en los miembros de la comisión. Lo peligroso no era que la gente tuviera hambre, sino que alguien se atreviera a decirlo.

—¡Infundios! —señaló el Auditor de Finanzas—. Eso no es más que una campaña de nuestros enemigos para desacreditar la confianza en el liderazgo del país. Nuestro plan alimentario es de los más avanzados a nivel continental. El único detalle que realmente llamó mi atención fue la actitud pacífica, discreta, casi disciplinada, de cuanto perro vi merodeando la ciudad. Ni siquiera escuché un solo ladrido. Creo que habrá que felicitar al municipio por implementar la obediencia, la armonía, y la convivencia en esa especie inferior.

El de Agropecuaria estuvo de acuerdo con su colega. Eran los perros más humanos que había visto en su vida.

—Pues yo creo lo contrario —dijo el Prefecto de Asuntos Militares—. La función primaria de ese amigo del hombre, el servicio para el cual está predestinado no es otro que la vigilancia. Un perro sin ladrido es un fusil sin municiones, un centinela sin ojos, un traidor que contradice la esencia y el fundamento de ser. Únicamente una conspiración, un virus de nuevo tipo introducido al país por manos enemigas, podría justificar semejante conducta.

El de Medio Ambiente alzó su mano, visiblemente preocupado, ¿y si ese virus letal se expandía a otros animales, entrecruzando géneros, especies, familias, incubándose, por ejemplo, en aves, reptiles, insectos, contagiando así la envidiable fauna del país...? Todo el entorno sería como una película silente sobre el suelo de la patria.

—Más que un menoscabo para el Medio Ambiente —señaló el de Cultura y Espectáculos—, sería un sabotaje a nuestra nacionalidad. Dejarían de cantar los gallos, insuperable reloj puesto por la providencia en el diario amanecer, faltaría el trinar de los sinsontes, el bramido del ganado, el susurrar de los insectos. La música de la naturaleza con sus increíbles arpegios desaparecía gradualmente. La poesía y el cancionero del país, portadores de ilustres rimas como monte y sinsonte, cigarra y guitarra, ladrido con gemido, habría que rescribirla pues las venideras generaciones no podrían beber en nuestras fuentes tradicionales.

—Bueno, bueno, bueno —lo interrumpió el Inspector General—. No hay que hacer una tormenta en un vaso de agua.

La Comisión se retiró a sus habitaciones. La salida hacia la capital estaba prevista para las ocho de la mañana del día siguiente, pero durante el desayuno, el Inspector General ya tenía una estrategia para enfrentar tan perturbador acontecimiento. Envió a su equipo hacia los diferentes puntos cardinales. No se podía llegar a una tesis con recuerdos, ni con retórica inflamada, sino con hechos reales y tangibles. Observaran cuidadosamente el comportamiento canino. Era necesario además que se aproximaran a los sitios donde hubiera perros guardianes. A las once de la mañana se reunirían allí en el vestíbulo para estudiar los resultados.

Los visitantes se repartieron por la ciudad, mientras el Inspector General se dedicó a empacar sus bártulos.

A las once y un minuto se hallaba la Comisión en el sitio acordado; pero debido a la presencia de numerosos parroquianos, que buscaban algo que llevar a sus vacíos estómagos, hubo que trasladar la asamblea para la habitación del Inspector General.

El primer informe lo hizo el Encargado de Agropecuaria. Se había cruzado con doce perros callejeros, los cuales habían mostrado la más absoluta indiferencia.

–Eso no luce nada interesante. Deben estar habituados al trato humano y al contacto con los moradores.

–Sí, camarada Inspector, pero tampoco es menos cierto que soy un extraño en la ciudad. De cualquier manera debían por lo menos haber mostrado su asombro. Por otra parte, casi finalizando el recorrido llegué hasta un establecimiento estatal, cerrado por ser domingo, y un pequinés, echado sobre sus patas traseras, no solamente no movió un músculo de su peluda anatomía, sino que luego de varios segundos ni siquiera se dignó a seguir los movimientos de este inesperado transeúnte.

–¿Podía hablar más directo, Agropecuario, dejarse de tantos floripondios de peluda anatomía e inesperado transeúnte…? Ni que fueras el Delegado de Cultura y Espectáculos.

–Sí, camarada Inspector, el asunto fue ése, que no escuché el más mínimo ladrido durante mi extenso periplo por céntricas plazas y barrios marginales. Incluso, vi que entraban a los comercios, olisqueaban, salían, esquivos, obedientes, mirando todo en silencio como ciudadanos nobles y educados.

—¿Usted quiere decir que los perros son como los ciudadanos?

—No, Inspector, al contrario, los ciudadanos son como los perros.

—Ese comentario es ofensivo, Agropecuario, puede ser analizado a otros niveles —lo amenazó el Inspector General.

El Prefecto de Asuntos Militares pidió la palabra y tosió dos veces para aclarar su voz.

—Mi recorrido arrojó el siguiente resultado —extrajo una hoja de su bolsillo y comenzó a leer:

PERROS CALLEJEROS

A menos de cinco pasos: 2   Ladridos: 0
Entre cinco y diez pasos: 7   Ladridos: 1
A distancias mayores: 5   Indiferencia total.

PERROS GUARDIANES

A cinco pasos: 1   Reacción: Ninguna.
A más de cinco: 2 Reacción: Indiferencia total.

El resto de los miembros fue señalando cosas por el estilo acerca de aquel desconcertante proceder, y cuando ya eran las dos de la tarde, el Inspector General puso fin al debate, señalando que no había evidencias suficientes como para llevar el asunto hasta las altas esferas. Nuestros ministros estaban enfrascados en tareas de vital envergadura, para ocuparse de cuestiones tan irrelevantes.

Con eso concluyó la visita y emprendieron el regreso a la capital.

El Inspector General debía informar los resultados al Ministro de Seguridad, por lo que al día siguiente se dirigió a su despacho. En la garita de entrada fue recibido por los guardias del ministerio, cuyos perros ladraban amenazantes al recién llegado. Esto hizo recapitular al inspector, y cuando terminó su exposición al Ministro y le entregó los papeles, le comentó el caso de los perros de Paraísa, como una anécdota graciosa para relajar la tensión del momento.

Sin embargo, el Ministro de Seguridad frunció el entrecejo, y lo hizo abundar en los detalles de tan extraña conducta, y el Inspector General, visiblemente perturbado, contó a su superior lo expuesto en este relato.

—Ordene recoger los perros de ese pueblo. Creo que hay gato encerrado, o mejor dicho, perro encerrado en este asunto —sentenció el Ministro—. Si descubrimos ese virus letal, habremos propinado una derrota humillante al enemigo. Presentaremos las pruebas en los organismos internacionales, lo cual nos dará un capital político nada despreciable, ¿no le parece, Inspector?

—Si usted lo dice, Ministro.

Inmediatamente la prensa divulgó la noticia de que un virus letal, de origen sospechoso, había sido detectado en algunos cachorros de la localidad de Paraísa, por lo que Salud Pública había tomado la decisión de examinar los ejemplares caninos de dicha localidad con la rapidez que ameritaba semejante caso.

En pocos días, tres pelotones del equipo de Búsqueda y Captura atraparon a los perros callejeros, un total de 39 y luego recogieron a las mascotas que totalizaron 245, con la promesa de someterlos a rigurosos análisis, y aquéllos que no produjeran resultados serían devueltos en la brevedad a sus legítimos dueños.

Seis camiones jaulas llevaron el cargamento hasta la capital. El personal de laboratorio del Cuerpo Nacional Antivirus, estaba impresionado con los animales, que llegaron apilonados en pequeñas jaulas, hacinados uno contra otros, pero sumamente tranquilos y accesibles, con sus miradas dulcísimas y mansas, casi agradecidas.

Fueron alojados en cómodas celdas y se les sometió a un régimen especial de alimentación, con doble ración de proteínas mientras diagnosticaban sus condiciones de salud. A partir del quinto día se escuchó por primera vez un aullido en aquel armonioso convento. Para el octavo, ya nadie podía acercarse a las perreras, por la energía con que los canes mantenían su sostenido concierto de ladridos. No fue hallada anormalidad alguna en composición sanguínea, orina, heces, secreciones, ni ningún otro parámetro vital, salvo una prolongada anemia XY de tipo paralizante.

El informe del Cuerpo Nacional Antivirus arrojó lo siguiente:

VECTORES EXAMINADOS: 284
ENFERMEDADES DESCUBIERTAS: 0
OTROS VIRUS CONTAGIOSOS: 0
ANEMIA XY: 284

Luego del tratamiento (aminoácidos con vitamina A y B), la situación quedó como sigue:

PERROS EUFÓRICOS: 200
EXTREMADAMENTE ALEGRES: 44
DISCRETAMENTE FELICES: 36
OTRAS MUESTRAS DE ALEGRÍA: 4

La semana siguiente fueron llevados de vuelta. Iban fajados por el camino, ladrando, gruñendo, atacándose los unos a los otros, exigiendo un lugar y un espacio a su perruno acontecer. El Ministro de Seguridad, por su parte, mandó a buscar al Inspector General.

—Increíble, Inspector, no había tal armonía ni sumisión. Los perros estaban paralizados por el hambre, una desnutrición acumulada día tras día, semana tras semana, mes tras mes. Lástima que no encontramos nada tenebroso. Hubiera sido un formidable argumento político.

—Olvidaba un detalle, Ministro. Durante nuestra visita, el Encargado de Agropecuaria comparó a la gente con los perros en la forma obediente que tenían de conducirse, opinión ésa incompatible con su cargo, y con la confianza depositada en él. ¿No va a tomar ninguna decisión al respecto?

El ministro abrió los ojos, ante aquella revelación inesperada.

—Dígale que quiero verlo mañana aquí en mi despacho.

El Inspector General se despidió del Ministro, lamentando la suerte de su subalterno, pero satisfecho de haber cumplido con la patria, depositaria final de los afanes de sus hijos; sin embargo, el Encargado de Agropecuaria, lejos de ser amonestado, fue ascendido a Consejero Principal. Su singular observación mostraba un área oculta en la relación del poder con las masas. Las palabras, las frases, los símiles y ciertas figuras literarias eran recursos

valiosos para enfrentar el día a día, la encruci-
jada, los retos, la galopante hambruna de los
tiempos venideros.

MONÓLOGO SOBRE LA
MARCHA

Los caídos eran cada vez más numerosos entorpeciendo el desarrollo normal de la avanzada. Mi voz se unió al coro que interpretaba el himno 2005, cuyas estrofas, referidas al mérito de lograr la ansiada meta, habían sido compuestas cuando la Gran Obra apenas andaba en sus inicios.

En los ratos de mayor agotamiento, cuando creíamos perder el ritmo del entorno, bastaba con dejarse conducir entre la multitud para recuperar el impulso o la armonía.

Pero aquella tarde empecé a renegar por vez primera. El bichito de la duda, ese insecto suspicaz, amenazaba corroer mi voluntad con su presencia ineludible. La marcha no iba a terminar, repetía la voz en mí con una secuencia de latido intermitente, y aquella idea inacabable, de infinitud en la tarea, de ausencia de la luz, parecía acomodarse con más fuerza en las zonas claves de mi menguada condición. Recordé que al principio, cuando la empresa era apenas una novedad, un reto voluntario y tentador, había quienes hablaban con nostalgia de los tiempos anteriores, cuando todo bullía en el más libre de los albedríos. Generalmente eran mayores, que habían quedado en el trayecto, pisados, aplastados, adheridos como tenues manchas al eterno gris de la alameda, y con ellos se fue yendo una parte esencial de la memoria, que entonces no supimos valorar. Todavía amábamos la marcha, y más que amarla sabíamos que era necesaria. Lo único realmente cuestionable –si es que hubiera algo en tal sentido– era que nuestras familias habían sido colocadas de forma individual en el inmenso tumulto para evitar distracciones de la mente o quizás del corazón, y para interiorizar en cada uno de nosotros que la familia verdadera éramos los fieles: la gran familia mayor que conformaba aquella empresa.

Hubo un tiempo –vanidad del individuo– en que añoraba llegar hasta la meta, tan sólo por regalarme esa gloria del espíritu; pero luego comprendí que la verdadera meta era el camino, ese andar codo con codo, sudor contra sudor, y me di a disfrutar cada pisada, cada himno, cada flaqueza, y cada recuperación.

Los momentos más felices era cuando la masa recibía el Premio Colectivo y se adentraba en los Túneles Heroicos, cuyas pantallas laterales nos mostraban imágenes de otros momentos del desfile, cuando éste, así como sus miembros, exhibían diferencias notables con nuestra actualidad. Era una forma hermosa de sumergirnos en las variaciones de la historia.

Sin dejar de caminar, veíamos aquellos seres de la pantalla, como si desfilaran con nosotros o nosotros en ellos, lo cual le confería al pasado notables visos de realidad, y cuya entereza nos comprometía a buscar un adelante que nunca estaba en el ahora.

También en la pantalla había caídos, ancianos y mujeres, que tal como ocurría de este lado, no podían resistir más allá del tercer tiempo; y otros que, inexplicablemente, preferían negar su condición traicionando El Ideal. Entonces sus compañeros esgrimían su bastón –símbolo cimero de La Obra–, y lo golpeaban con impúdica justicia. La voz de alarma se corría masa alante y masa atrás hasta que los familiares del traidor, cuyos rostros no fueran convincentes, eran localizados y ejemplarmente reducidos para extirpar el mal más allá de sus raíces.

Vimos derribar a muchos, convencidos de su culpa, y a otros que no podían esconder el estupor. Sin embargo, los nombres de quienes fueron fieles al Ideal –la inmensa mayoría–, eran grabados con caracteres de oro en las pantallas para satisfacción de los marchantes por venir.

Cuando salíamos de aquellos conductos, teníamos más firmes las ideas, alimentada por tantas millas de incesante sacrificio, y soñábamos la gloria ineludible de la meta. Las enseñanzas se fijaban en nuestras mentes con suma claridad, para que nada pudiera desviar el Objetivo; pero la sombra de la duda, siempre esquiva de la luz, me vinculaba aquel final con el comienzo, como un gran suplicio circular.

Quizás fuera esa la razón que me hizo disentir, pretender que la cabeza de la marcha se unía con la cola en un aro infinito, tal ves circulaba la Tierra en su extensa redondez, como un meridiano giratorio, por lo que cada uno de nosotros éramos cabeza, y luego cuerpo, y luego cola, y de nuevo cabeza en una metamorfosis marcada apenas por la influencia del clima o los caprichos ambientales. Ya casi nadie hablaba del final ni de la gloria, sino del acto inmortal del sacrificio. En los ojos de mis compañeros creí descubrir un sentido de resignación ante las leyes de lo ineludible.

Cuando la pierna izquierda comenzó a darme latidos cada vez más apremiantes, desviando la línea imaginaria de mi yo, me fui escurriendo con la ayuda de mi báculo hacia la parte derecha, entre la apretada muchedumbre, con el objetivo de conseguir examinarme. Pero el largo muro que nos contenía, tan alto como el cóncavo celeste, se movía y avanzaba al ritmo de la masa, como si fuera parte de la misma, y no encontré el más ínfimo recodo donde ofrecerme alguna tregua.

A partir de ese momento me propuse

desertar. Algo tenía que haber fuera de aquella caminata, algo terrible, pero estaba dispuesto a correr los sinsabores. Los himnos empezaron a salir con torpeza de mi pecho. El aire se me escapaba con cada melodía y parecía no volver a mis pulmones.

Durante un tiempo incalculable, salvo por los períodos de lluvia o de sol o de lejanas estrellas, mientras caminaba o me dejaba arrastrar con indolencia, intenté conformar un plan para encontrar una salida. Los muros laterales eran prácticamente inabordables, a no ser que existiera alguna abertura disponible. Si me dejaba caer al pavimento, no podría sobrevivir a los miles y miles de colegas que cruzarían sobre mí, con todo el peso de la historia retumbando sobre mis partes más endebles.

Una de aquellas tardes vi el rostro de mi padre doblado sobre el asfalto, entre las piernas que lo pisaban. Vi su rostro ensangrentado, comprimido bajo las huellas de sus compañeros. Temí que cayera sobre mí el peso de la justicia, pero en el semblante de mi padre se advertía, tras una pobre sonrisa, un esbozo de lealtad insoslayable, que lo dignificaba ante la historia.

Lloré en silencio, cuidándome de no mostrar mis lágrimas, mientras seguía entonando el himno 13, que hablaba de los muertos buenos y del buen arte del morir. Me maldije por vil e inconsistente, traté de corregirme; pero la idea de escapar era un gigante que me aplastaba con cruel ferocidad. Pensaba en algún hoyo sobre el pavimento, alguna tapa camuflada tras la cual podía hallarse la cavidad donde pudiera, si no dejar la marcha, por lo menos negociar unos minutos de descanso, como una subterránea lombriz que escapa de la luz, pero el suelo se mostraba cada vez más uniforme como un desierto de metal, inconmovible.

Preferí dejarme conducir por el tumulto hasta recuperar algún aliento. Pero algo debió ocurrir. Alguna mirada amenazante o inconforme. Quizás mi voz sonó desafinada en algún épico pasaje, o en los escasos silencios mi rostro no mostró la expresión que exige lo solemne, aquella que refleja todo espíritu leal y conmovido. Tal vez una lágrima indiscreta y acusadora corrió por mi semblante –pecado imperdonable en un sitio donde no hay espacio para el llanto–. No sé. El primer golpe me arrojó violentamente al pavimento. El segundo apenas lo sentí dentro de la andanada que siguió, entre las botas que pateaban mi figura. Tardíamente intenté incorporarme y buscar un acomodo. Nada en mí fue capaz de responder. Me hice un ovillo, escupí la sangre, y aguardé resignado mi destino: derretirme, integrarme al gris como una mancha más sobre las otras manchas que conforman esta vía interminable. Doble mancha la mía, porque no espero que la justicia final me conceda un desagravio y mi nombre aparezca en los Túneles Heroicos, ni siquiera por consideración a esa mancha pura que es la mancha de mi padre.

UN PIE EN LO ALTO

La señora Mercedes regresaba del baño a media madrugada, cuando observó que Sebastián dormía boca abajo con la pierna derecha doblada hacia arriba. Se detuvo junto a la cama, y con el dedo índice le hizo cosquillas en la planta del pie. Este sacudió el tobillo varias veces y ella sonrió antes de meterse entre las sábanas.

Dos noches después volvió a despertarse y lo primero que vio fue el pie de su esposo apuntando hacia el techo. De modo que aquello pasaba ya de castaño oscuro. Mercedes carraspeó, tosió, se movió de un lado a otro, hasta que agarró la pierna y, con movimientos resueltos y agresivos, la colocó al lado de su compañera; sin embargo, cuando la soltó, esta volvió a su posición anterior, y se quedó allí, en una extraña suerte de equilibrio.

Mercedes no podía aceptar tamaña insubordinación y, para disimular que semejante rebeldía le impidiera dormir, le echó mano a una revista *Vanidades* que tenía sobre la mesa de noche, y se detuvo ante una hermosa foto de familia. A Angelina Jolie ser madre la enriqueció más de lo que había imaginado, había necesitado cuidar de sus hijos para alcanzar la verdadera felicidad; y se veía a la estrella junto a Brad Pitt, rodeados por sus seis pequeños. Mercedes suspiró desconsolada, mirando aquella variedad de vástagos de insospechadas geografías. Estas cosas no le pasaron nunca a ella. Había llegado con su esposo y con su hija de diez años al Miami de los sesenta, cuando el gobierno de Fidel Castro expropió los últimos reductos de iniciativa privada allá en la Isla y la escasez de suministros iba en aumento.

Cincuenta años después, ambos estaban en peores condiciones. Isabel, que entonces lloraba todas las noches por regresar a la infancia de su Guanabacoa perdida, ahora residía en New Hampshire, casada con un americano pecoso que conoció en La Pequeña Habana, durante la temporada en que los Dolphins de Miami ganaron el *Super Bowl*, y con el cual no tuvo descendientes. Se visitaban una vez al año, el Día de Acción de Gracias, y parecían familiares remotos. Su hija detestaba los chicharrones de puerco de su patria natal, y se deshacía en elogios hacia la sopa de almejas de Nueva Inglaterra, un brebaje amarillento que sabía a perejil, a queso rancio y a vinagre podrido.

Mercedes no pudo conciliar más el sueño. Dos veces bajó el pie de Sebastián y dos veces el pie se rebeló, como si fuera un pie au-

152

tónomo, independiente o soberano. Aquello comenzó a preocuparla. Podía írsele la sangre hacia la rodilla, complicarse, coger una linfangitis o una gangrena, sabía Dios.

Mercedes se levantó como de costumbre y preparó el desayuno. Sebastián lo hizo un rato después y se quedó mirando a su esposa.

—¿Qué te ocurre, mujer? Tienes los ojos irritados.

—Por tu culpa, te pasas la noche con la pierna hacia el techo.

—¿Yo…?

—Sí, tú mismo.

—¿Y eso qué tiene que ver con tus ojos?

—Nada. Pareces un anormal. Debías acostarte boca arriba igual que antes.

—Cállate, que si duermo boca abajo es por tu culpa. Decías que roncaba como un puerco, ¿no te acuerdas?

—Yo prefiero que ronques a verte con esa pata alzada como una bandera de carne y hueso.

—Es mi pata y no la tuya. No debería importarte.

—Sí me importa, dormimos en la misma cama.

—Bah, entonces no me mires, vete a dormir al otro cuarto.

A veces ella dormía en el cuarto que fuera de Isabel, cuando tenía catarro alguno de los dos, o cuando, raras veces, se enojaba con él.

De modo que la noche siguiente, Mercedes recogió sus bártulos y se sumergió en el cuarto que fuera de su hija, lejos de aquel pie maldito que le arrebata el sueño. Sin embargo, se despertó en varias ocasiones. Sabía, o más bien sentía, que Sebastián tenía el pie en lo alto. Las dos últimas veces llegó a su habitación a comprobarlo y, la última, empujó al rebelde contra la superficie del colchón, para observar, enfurecida, como regresaba a su lugar.

Pasaron varias noches que fueron una repetición de la anterior. Mercedes se pasaba los días fatigada por el mal dormir, el cuerpo le temblaba, cualquier cosa la irritaba y el desasosiego no la dejaba ni pensar, el pie de Sebastián vivía en su mente con la planta expuesta como una mano que imploraba una limosna. Una tarde fue a la farmacia del barrio en busca de algún tipo de ayuda y, como no pudo adquirir ninguna droga sin la receta de un facultativo, regresó con un té de Valeriana que, según la dependiente, calmaba la ansiedad y era un sedante ideal para conciliar el sueño. Mercedes se hizo el brebaje antes de acostarse, y esa noche soñó que era un mariposa mecida entre las olas del viento; pero la siguiente se despertó varias veces para ver, atolondrada, el pie de Sebastián erguido, oscilando tranquila y retadoramente.

Mercedes tenía pocas amistades, con las cuales cada vez se veía menos, y con quienes no tenía confianza para contarle un asunto tan extravagante. De modo que una tarde llamó a su hija y la puso al corriente.

—Mami, es normal, todos los viejos tienen sus manías.

—No es manía, es capricho. Se ha puesto insoportable. No me sentía así desde que Fidel me robó el taller de costura. Ya no sé qué voy a hacer, estoy harta, niña, ¡hasta el último pelo!, ¿me entiendes...? —Mercedes rompió a llorar desconsoladamente.

—No te preocupes, mami, que nosotros vamos a ir allá.

Mercedes no les dio mucho crédito a sus palabras porque no era *Thanksgiving*, pero Isabel preparó un viaje con su esposo hasta la tierra del sol.

El encuentro fue animoso —hacía más de seis meses que no se veían— y lleno de calor. Lo malo era que Mercedes tenía que volver a su cama, lo cual le causaba un profundo desconcierto. El primer día no salieron de la casa, repasando el tiempo transcurrido; pero al siguiente se fueron a Miami Beach a disfrutar del verano, sobre todo Isabel, a la cual el mar le fascinaba, como si llevara en su sangre —muy

155

remotamente, claro—, la esencia habanera de Mercedes.

Esa tarde, por primera vez, madre e hija abordaron el asunto del viaje.

Isabel trabajaba en la página digital de una compañía de marketing, y casi todo lo resolvía en la red de redes. Como su mamá no tenía computadora, al día siguiente ambas fueron a una biblioteca pública donde se sentaron ante la pantalla.

—En la Internet está todo, mami, ya verás que lo de papi es absolutamente conocido.

Isabel abrió el Google y escribió entre comillas: "dormir con la pierna en alto", pero solamente aparecieron casos de deportistas lesionados a los cuales se les recomendaba descansar de esa manera para ayudar al tratamiento. De modo que borró lo escrito y puso: "planta del pie hacia el techo". Aquí salieron cosas como "Dobla la pierna a 90°, con la planta del pie hacia el techo y tira hacia arriba sin arquear la espalda", que se referían a diferentes tipos de ejercicios terapéuticos. Isabel no se dio por vencida y escribió: "Manías de viejo a la hora de dormir", pero no aparecía ningún resultado entre comillas, de modo que escribió "Manías de viejo", y entonces anunciaban más de 14 000 entradas que nada tenían que ver con la pierna del pobre Sebastián.

—No te preocupes, mami, cuando yo llegue a New Hampshire, buscaré todo con más calma —Isabel se puso de pie.

—Está bien, pero esta noche no me acuesto con tu padre.

—¿Por qué no?

—Porque estoy sin pegar un ojo desde que ustedes llegaron. No puedo con esa pata hacia arriba, como si fuera un pararrayos.

—¡Espera!

Isabel volvió a sentarse y escribió ilusionada: "Pie de pararrayos", "pie que captura centellas", *"foot lightning rod"*; pero fue un esfuerzo inútil. Existían *Foot Bunions,* Pie de atleta, *Hammertoes,* Pie de espolones, Pie de juanetes, Dedos de martillo…, así que se incorporó y tomó a su madre del brazo.

—¿Cómo vamos a hacer esta noche?

—Muy simple: yo duermo contigo, y que Maurice se acueste con tu padre.

El americano era un hombre noble, pasivo y sosegado, y no le importó mucho aquella metamorfosis temporal.

El día antes de irse, Mercedes quiso preparar una cena de despedida.

—¿Qué quieres comer, Maurice?

—*Sorry?* —dijo el americano, que no había entendido.

—*What do you want to eat, honey?* —intervino Isabel.

Maurice miró a su suegra:

—Mi querer un vaca frita.

El plato, aderezado con pimentones, cebollas y salsa de ajo al limón, fue acompañado de arroz blanco, yuca al mojo, ensalada de tomates, y una botella de vino Viña 25.

Antes de marcharse, Mercedes le preguntó a su hija si Maurice había podido conciliar el sueño al lado del excéntrico de Sebastián. Isabel se lo preguntó a su esposo y este se limitó a fruncir el ceño y encogerse de hombros.

Una semana después de su partida, Isabel aún no parecía haber hallado en Internet, la solución al problema de su padre; sin embargo, Mercedes había pasado a un plano más reflexivo. ¿Qué podía haber llevado a su esposo a patentar esa manera de dormir si no fuera un secreto instinto de justa rebeldía...? Todo aquello era una expresión de inconformidad que, como hombre tímido y sumiso, lo hacía desde la profundidad del sueño, al amparo de la noche y de la alcoba matrimonial, ya que, despierto y en sus cabales, nunca había reclamado sus derechos, ni siquiera cuando los interventores de Fidel, se llevaron su mesa de cortar, sus máquinas *Singer*, sus telas y sus hilos y lo tiraron sobre un camión de volteo, como trastos inservibles. Ahora protestaba de esa forma; pero no podía ser contra un gobierno ni contra ley alguna; tal vez lo hacía contra la vida, o contra la existencia, contra este fracaso de llegar a viejo sin descendientes, sin amigos, sin patria... Al diablo, dijo Mercedes en voz alta, ya era demasiado tarde para protestar por nada, y mucho menos de esa forma extravagante. Así pues, lo que era ella, no iba a hacerle el más mínimo caso al proceder de su esposo.

A partir de ese instante fue que Mercedes empezó a mejorar, a despertarse dos veces, y luego una en toda la noche. Cuando se asomó al cuarto de Sebastián se quedó sobrecogida al verlo con la pierna hacia abajo. La noche siguiente, para comprobar sus anheladas sospechas, puso el reloj despertador cada una hora, y vio que su esposo había vuelto a ser el dormido de siempre, con su insipiente rebeldía por fin capitulada. De modo que recogió sus enseres y regresó a la habitación matrimonial.

El domingo Isabel la llamó de New Hampshire, pero antes de que dijera una palabra, Mercedes la puso al corriente de los progresos de su padre, de lo bien que dormía a pierna suelta, de su sueño relajante, pasivo y sosegado. Isabel esperó que su madre se desahogara antes de decir:

—¿Sabes? Para eso mismo estoy llamando. ¿Papi levantaba un pie o eran los dos?

—¿Tu padre...? Uno solo, el derecho, ¿por qué?

—Por nada, mami… —Isabel suspiró apesadumbrada—. Seguramente lo de Maurice es otra cosa. Tengo que buscar bien en la Internet.

PARAÍSO

A Mario Brito

El sargento Antía caminó hasta la mesa más discreta del salón. No era muy común verlo en el bar, pero a veces solía sentarse allí y rodearse de alcohol y humo de tabaco. En otros tiempos el local se llenaba de lugareños ruidosos y pendencieros que se embriagaban interminablemente. Iniciaban allí la jornada, maldiciendo la suerte y el destino, y la concluían en algún club de media noche, celebrando acontecimientos y cantándole a la vida. Pero ahora el pueblo vegetaba, con sus bares y sus clubes y hoteles despoblados como si la sombra de un luto general se hubiera apoderado de la gente. Antía terminó su botella y pidió otra. Se sentía mejor a partir de la segunda cerveza. Era más imaginativo y podía meditar con más serenidad, como si el alcohol le despejara el entendimiento. No era partidario de la violencia, pero resultaba imposible convencer al mudo Montañé de que abandonara sus prácticas. Tampoco existía un lugar donde internarlo, mucho menos con esos antecedentes. Al principio la gente ponía buenos ojos pensando que el mudo recogía a los borrachos para devolver-

161

los a sus casas, evitándole al pueblo una imagen deprimente, pero al poco tiempo todo el mundo sabía lo que hacía con ellos detrás del cementerio. De modo que ir tendido en su carretón se convirtió en una ofensa tan grave, que los bebedores ya no se atrevían a cruzar el umbral del primer trago o la siguiente cerveza. Muchos de los que se habían acercado al sargento, hablaban de la moral y las buenas costumbres, pero él sabía muy bien que se trataba de un asunto de negocios, las ventas de bebidas y licores así como sus acompañamientos y demás, se hallaban en su más bajo porcentaje. Antía alzó la vista y se fijó en Serafín, su barbero, que pedía una limonada recostado a la barra. Era el hombre que estaba esperando. Le gustaba su rostro adusto y aquella mirada fría e impasible. Contaba con algunos subalternos de confianza para cualquier misión, pero prefería que todo quedara fuera del cuartel. Tenía una excelente hoja de servicios y no iba a mancharla a estas alturas. Últimamente le daba mucha importancia a su hoja de servicios. A la hora de tomar decisiones, su hoja de servicios lo ayudaba a inclinar la balanza. El sargento llegó junto a Serafín y, dándole una palmada, acercó la boca a su oído: Quería verlo mañana en el cuartel, tenía un trabajito muy bueno para él. Serafín no dijo nada. Nunca le alcanzaba el tiempo para encontrar las palabras, y casi siempre se quedaba lleno de interrogantes, pero esa noche no pudo dormir dando vueltas en la cama. Era cierto que ostentaba una mirada fría e inconmovible, pero en el fondo era un sentimental. Cuando trataba a alguien con rudeza o sin la merecida consideración, su conciencia no lo dejaba vivir, y despertaba varias veces en la noche con la almohada humedecida de llanto. Edelvira, su esposa, estaba habituada a esos excesos del espíritu. Le traía un alka seltzer en un vaso de zumo de limón, y lo acariciaba como a un hijo, esperando encontrar la razón del exabrupto. En aquella tierna intimidad ella lograba determinar la causa, aislarla y destruirla, con una habilidad paciente y obstinada, y lo impelía a ser más comunicativo. Serafín asentía entre sollozos, pero por la mañana volvía a ser parco y engurruñado, y ostentar el mismo ceño hostil con que atendía a sus clientes en la barbería. Sin embargo ahora estaba realmente preocupado. No había soltado ni una lágrima, pero no le había gustado nada la expresión picaresca del sargento, y se preguntaba qué trabajito sería aquel. Su trato con el militar se limitaba a un corte de cabello mensual y alguna que otra frase de puro compromiso. Su padre lo había enseñado a pelar, y no sabía manejar más instrumentos que el peine, las tijeras, y la navaja de afeitar, en aquel cuartucho rodeado de espejos que repetían las imá-

163

genes hasta el infinito… Serafín se levantó antes que su mujer, y salió hacia el cuartel de policía. El sargento hizo su entrada media hora después, le hizo una señal para que lo siguiera y se internó por el pasillo. Había ingresado a la policía en un llamado que se hizo a los hijos de campesinos para cumplir una promesa electoral. Era el menor de siete hermanos, y a su padre le agradó la idea de tener un policía en la familia. Sin embargo no regresó más a su provincia, a no ser para enterrar a sus muertos. Luego de un año de entrenamiento, de infantería y tiro, y algunos rudimentos de la Constitución, y después de haber perdido infinidad de libras bajo el rigor de los ejercicios matutinos y la preparación física, empezó a recorrer el país, recuperando su peso por los diferentes puestos militares. Finalmente fue destinado con los grados de cabo a este pueblecito perdido en la geografía nacional, sin más comunicación que un puerto pesquero y un gascar de dos coches que venía una vez cada semana. Sin embargo, en Paraíso, el cabo Antía se sintió a sus anchas y sobrepasó la talla más grande de uniforme. Aquí había conseguido los grados de sargento, y ya no le interesó otra cosa que complacer las exigencias de su estómago. Antía entró a su oficina al final del pasillo y cerró la puerta detrás de Serafín. Se sentó a su escritorio y hurgó en una gaveta. Ahora tenía la mirada dura y penetrante que había visto en las películas que proyectaba su tío Indalecio por todos los bateyes de su provincia, llevándolo a él, con nueve años, de ayudante y colaborador. De aquellos *gangster* de dieciséis milímetros había aprendido este lenguaje de medias tintas que usaba para los momentos cruciales. Extrajo un revólver 38, cañón largo, con un fajo de billetes de a cinco y se lo alargó a Serafín, diciendo algo así como que muerto el perro, se acababa la rabia. Serafín miró el revólver, el dinero, luego miró al sargento, que terminaba de encender su tabaco. Lo esperas detrás del cementerio y no hemos *hablado* nada, ¿okey...? Serafín tomó el arma y los billetes, más por instinto que por decisión. Siempre había sido pobre, pero conseguía sobrellevar su condición porque abrigaba la esperanza de que la vida le tenía deparado un destino especial, y había envejecido acariciando ese sueño. Salió del cuartel a grandes pasos. Quizás de ahora en adelante su suerte empezaría a cambiar. Aunque aquello era mucha plata por eliminar a un perro. Ni siquiera un jíbaro merecía tal recompensa. Hacía tiempo que los jíbaros venían diezmando el ganado y aquel asunto era la comidilla diaria en la barbería. Se había probado con diferentes trampas y venenos, pero los animales se las arreglaban para olfatear el peligro, y seguían amaneciendo chivos y carneros descuartizados, y hasta algu-

165

nas reses habían sido alcanzadas por la furia de los canes que dejaban intactas sus cabezas de grandes ojos fijos como fotografías del horror. Serafín se precipitó en los baños del bar de Méndez y cerró la puerta con pestillo. Lo primero fue acomodarse el revólver cuyo cañón le molestaba en la ingle. Después extrajo el dinero y lo contó: 520 pesos. Era demasiado. Lo guardó y salió a la calle. Había varios clientes esperándolo en la barbería, y tuvo que hacer un esfuerzo para no dejarlos y seguir, poseído por aquella embriaguez del capital. Nunca dejaba de atender a un cliente. Casi todos se pelaban con él como agradecimiento a Don Apolinar, su padre. Conocía el oficio y se esmeraba, pero sus clientes se habían ido muriendo o habían cambiado de barbero debido a su carácter y a su pobre conversación. Serafín peló a los tres en tiempo récord y, tras el último tijeretazo, se dirigió a su casa. Aprovechó un descuido de Edelvira para sumergir el dinero en el fondo del baúl. Por la tarde apenas trabajó durante media hora, pues le pareció que el tiempo no pasaba, mirando el reloj constantemente. Regresó a toda prisa, se bañó, comió, y le dijo a su mujer que iría al Sindicato. Para lo que defendían esa gente, comentó ella. Él no le prestó atención, imaginando el futuro inmediato. Llegó al cementerio con las primeras sombras de la noche y desapareció en un plantón de cañabravas, mientras su mente divagaba en la forma en que iba a emplear el dinero, las cosas que se compraría, incluyendo un sillón KOKEN, reclinable, último modelo; pero a eso de las doce, nada le había aportado algún indicio de la presencia de jíbaros, y salió de su escondite poseído por un sentimiento de frustración. Por la mañana se levantó antes que Edelvira y se dirigió al cuartel atormentado con la idea de haber hecho un mal trabajo. ¡Qué raro!, exclamó Antía, todas las noches pasaba por allí en su carretón antes de desenganchar el caballo. Serafín palideció: ¿un perro desenganchando a un caballo...?, y cayó en la cuenta de que debía matar a un hombre, al mudo, a Montañé. Abandonó el cuartel dando traspiés. Fue hasta la salida del pueblo y se sentó a meditar bajo un puente del ferrocarril, confuso y tembloroso. Esa noche tuvo tres ataques de llanto. Su mujer lo acarició apretándolo contra su pecho, pero a la tercera vez, como a las cinco de la mañana, comprendió que algo muy grave le pasaba a su marido. Ni siquiera el propio Serafín conocía mejor que ella sus propias interioridades. Lo había estudiado pacientemente en un noviazgo de más de nueve años, durante el cual le resultó muy fácil acomodarlo a su espíritu maternal; pero esta vez Serafín no le contó ni media palabra. Ya se anunciaban las luces del amanecer y había adoptado su personalidad inaccesible.

167

Era asunto de hombres, le dijo, de pantalones y no de faldas. Se vistió y salió, dándole un tirón a la puerta. Toda la mañana estuvo deambulando por el pueblo, deteniéndose ante las vidrieras, mirando sin ver las carretas que vaciaban su contenido de caña de azúcar en aquella boca abierta cuya lengua descomunal lo arrastraba todo hacia el vientre del ingenio azucarero. Almorzó en el hotel de Jiménez, y por la tarde sintió necesidad de embriagarse. Estaba muy confundido, como si flotara en una realidad desconocida. A las cuatro estaba totalmente mareado. Se unió a Jorge Negrete y a otros charros que desde un traganíquel interpretaban corridos y rancheras salpicados de alcohol y de mujeres fatales. A las siete salió en dirección al cementerio, palpándose el revólver por encima de la camisa. Ahora todo se le presentaba distinto. Era borracho, pendenciero y arriesgado en el amor, y podía llevarse a las muchachas más bonitas. A medio camino empezó a tambalearse y a proferir un monólogo inteligible. No supo más de él. Todo lo que siguió había sido como un sueño. Soñó que alguien —el mudo Montañé— lo examinaba. Por mucho que intentara despertar, su mente no lo obedecía. Se había dividido en dos y, al mismo tiempo que iba en el carretón, viendo la luna y las estrellas que se bamboleaban con el movimiento del viaje, podía verse a sí mismo, inmóvil y desvalido en aquel vehículo diabólico. Luego fue perdiendo la noción de sí, en otros entresueños hasta sentir que alguien lo incorporaba y lo transportaba a través de una oscura vegetación. Trató de abrir los ojos, pero sólo vio una niebla y las cruces del cementerio que se diluían en la distancia. Pensaba despertar en su casa, con Edelvira a su lado como en otras tantas pesadillas, pero cuando abrió los ojos, vio su rostro desencajado y seco como la imagen de un muerto en el espejo de la barbería. Tenía la camisa abierta y había perdido el revólver. Se incorporó y salió al exterior totalmente anonadado. En su casa tomó agua, se lavó la cara, pero no conseguía coordinar sus ideas. Edelvira lo interrogó alarmada, sorprendida de su actitud, y de aquellas ropas sucias, llenas de guisazos y *pegapollos* como si se hubiera revolcado en la manigua, pero él le respondió con evasivas. Se sentía cansado y maltrecho y se desplomó en la cama. Transpiraba un vaho etílico por cada uno de sus poros, y ella le colocó un paño húmedo en la frente y lo dejó en paz, pensando que pasaba los efectos de la borrachera, pero no despertó para el almuerzo ni para la comida. A las diez de la noche abrió los ojos. Edelvira lo acarició durante un rato, menos por consolarlo que por satisfacer su ansiedad, y se fue a preparar un café amargo, con la inquietud de saber qué sucedía con su marido.

No había podido desprenderse de un sentimiento de pérdida que la acompañaba desde su niñez. Había crecido rodeada de animales domésticos, que arrebataba de las tetas de las madres, alimentándolos diariamente, y que luego se alejaban de sus cuidados como hijos malagradecidos, hasta que un día gris de lloviznas y nubarrones, a los catorce años de edad, apareció en su vida el rostro infantil de Serafín, con aquel par de ojos huérfanos y una mirada de niño pobre y extraviado, y se consagró a él, aliviada de poder encausar su exceso de cariño. Sin embargo no podía apartar de sí la impresión de que un día él también se marcharía para complementar todas sus ausencias. Edelvira esperó a que su marido terminara con el café para extraer un bulto de billetes de a cinco, de adentro de su ajustador, que utilizaba siempre como un bolsillo. Esta vez Serafín no tuvo fuerzas para callar. Le contó todo el asunto con puntos y comas sin derramar ni una lágrima; pero luego que hubo concluido fue un torrente lo que manó de sus ojos. Esta vez lloraba de rabia e impotencia, como si la vida y Dios lo hubieran traicionado. Edelvira no habló nada, pero al día siguiente amaneció en el cuartel. Cruzó la puerta sin pedirle permiso a la posta y se apareció ante el sargento Antía: Allí tenía su mierda, dijo, y le arrojó a la cara los billetes, que se esparcieron por toda la habitación como un bombardeo de confeti. El sargento se había quedado con la boca abierta. No estaba acostumbrado a tratar con mujeres, y sabía que en aquel pueblo las mujeres tenían más coraje que los hombres. Recogió los billetes uno a uno y volvió a meterlos en la gaveta, mientras Edelvira le daba la espalda. Simplemente se dedicaría a esperar. No era un individuo que tiraba la primera piedra, sino más bien reaccionaba, como un boxeador a la riposta. El sargento se incorporó para salir cuando sintió a su esposa con el desayuno. Lo supo por aquel olor a almíbar que la precedía, y ante el cual perdía la noción de la realidad. Aracelia Perera le dejó el pan con lechón y los coquitos azucarados encima de su escritorio antes de volverse. Desde que se juntaron ella le traía el desayuno y las meriendas con una puntualidad excesiva, casi militar. El sargento se quedó mirándola, todavía sugestionado por la escena anterior, hasta que ella desapareció de su vista. Había estado con muchas mujeres, que se acercaban a él por sentirse protegidas y facultadas de autoridad; pero ninguna pudo tenderle un lazo tan firme como lo hizo Aracelia alrededor de su ombligo. Se había quedado huérfana desde los tres años cuando su padre se suicidó luego de apuñalar a su madre durante una fiesta de Navidad. Una tía materna se encargó de su crianza. No pudo darle mucha educación, pero la trató como a una hija, y la convirtió en una excelente repostera. Solía decirle que el amor no entraba por la cocina, pero por allí prefería escaparse. De modo que Aracelia Perera capturó al sargento con sus coqueteos iniciales, como había hecho con el difunto Rogelio, lo llevó a su casa, y allí lo envolvió definitivamente en una trampa de almíbares y flanes, y natillas de jalea de leche, y champolas, y dulces de calabaza china con carbonato de calcio, que dejaron a Antía sin ningún grado militar, y tan manso como un fierecilla doméstica. Desde entonces se le hizo insoportable comer fuera de la casa. Todo le resultaba insulso y desabrido, incluyendo la leche que antes desayunaba en los cuarteles. El sargento terminó con el pan con lechón y los coquitos, pero no podía recuperar la compostura. Se sentía viejo y cansado. Lo mortificaba la idea de ser un hombre sin familia, que moriría tal vez abandonado. No podía contar con sus hijos, dispersos, de madres diferentes, que no lo reconocían a él como padre y que ni siquiera se conocían entre sí. Antes le había gustado esa vida de trotamundo, en busca de lo novedoso, pero ya nada le producía demasiado interés. Al mediodía no tenía apetito. Se tomó un refresco y realizó su recorrido diario, pero por la tarde Aracelia lo sorprendió con un arroz apastelado con chorizos, camarones y carne de caguama, y un flan de calabaza que expulsaron de su mente aquellas remembranzas. Esa noche, Antía hizo el amor de militar que le podía permitir su obesidad, y se entregó a un sueño profundo y relajado. Por la mañana, su mujer le trajo el café a la cama y lo ayudó a vestirse. Se colocó la pistola y se dirigió a su trabajo, agobiado por el peso de la rutina. Sin embargo algo raro pasaba allí frente a la ferretería. El sargento llegó a tiempo para disolver un tumulto con dos tiros al aire que resonaron de tal modo, que la multitud se quedó rígida como si el tiempo se hubiera detenido. Todo había sido tan rápido que cuando vinieron a darse cuenta, ya Serafín estaba encima del mudo Montañé, golpeándolo inmisericorde con su semblante como un demonio, y el sargento tuvo que conducirlo al cuartel. Edelvira pagó la fianza y los veinticinco pesos de multa; pero la memoria del pueblo no pasó por alto semejante disputa. La gente miraba de soslayo a Serafín, y hablaban bajito y susurraban, convencidos de que algo había sucedido entre él y el mudo. Serafín se había vuelto más hosco y reservado, recordaba que aquella noche lo habían traído del cementerio, y cada vez que pelaba a uno, creía descubrir al susodicho. Edelvira se paralizó cuando lo oyó hablar de irse para siempre. Trató de disuadirlo usando todo el poder de sus dotes maternales, pero una noche Serafín lloró como nunca. Su mujer pensó que tal vez se le pasara al día siguiente, pero por la noche reanudó su llanto interminable. Ella lo abrazó, se iría con él, al fin del mundo si era preciso, pero por favor, dejara de llorar. Esa misma mañana echaron sus pertenencias en dos cajas de cartón y en la maleta que le había servido para el viaje de bodas. Antes de irse pasaron por el hotel de Jiménez. Era el único que sabía su punto de destino. Nadie hizo comentarios durante el almuerzo de despedida. Estaban callados, con un silencio denso que flotaba en la habitación, sobre el mantel de hilo y los cubiertos. Jiménez ni siquiera intentó disuadirlos. Conocía bien a Serafín. Habían sido compañeros de colegio y de juegos, y en cierta medida se sentía su protector, pero sabía que no iba a dar marcha atrás. Se consideraba un hombre práctico que debía aceptar la realidad según se presentara. Nada lo apasionaba demasiado, y a ello atribuía su éxito en la vida, a pesar de su origen humilde y de no contar con una buena preparación. Terminaron de almorzar en silencio y fueron hasta el ferrocarril. Jiménez no se atrevió a preguntarle nada. Conocía los comentarios que circulaban y no quería remover el asunto. Edelvira y Serafín partieron en el gascar y poco a poco la gente se fue olvidando de ellos, como mismo se iban olvidando de sus muertos. Únicamente Jiménez recibía sus cartas llenas de nostalgia, y los mantenía informados de cuanto acaecía en el

174

pueblo, sabiendo que se lo agradecían como un alimento. Mientras, el mudo Montañé se había hecho de una total inmunidad. Nadie se atrevía a ponerle un dedo encima, ni a ofenderlo, ni a dirigirse a él de una forma que no fuera afable y deferente. Cualquier disputa podía desencadenar una sospecha, y todos se cuidaban de tratarlo con amabilidad. En el hotel de Jiménez siempre había una ración gratis para su apetito desaforado. Eso lo envaneció, y ante el más mínimo descuido iniciaba una protesta. Una vez Jiménez venía de San Felipe cuando reparó en tres tipos que conversaban en el pasillo del gascar. Entonces no era muy común ver homosexuales, mucho menos por aquella zona perdida y olvidada. Varias veces habían preguntado por el mudo, con un brillo especial en los ojos, y a Jiménez se le alumbró el entendimiento. En cuanto llegaron a Paraíso les ofreció hospedaje en su hotel, y se comprometió a conseguirles una cita con el mudo, pago mediante, y al día siguiente lo encontró en el garaje Principal, cogiéndole un ponche al carretón. Lo llevó al hotel y le brindó una cerveza mientras le explicaba el asunto varias veces para que se fijara bien en su memoria. Dominaba aquel lenguaje de gestos, que Montañé respetaba y obedecía con diligencia, como podía hacerlo el más humilde de los subalternos, y todo quedó concretado. Esa noche se llevó al más flaco de los tres, que a eso de las doce se dejó caer en la esquina de la farmacia. Al día siguiente mostraba el rostro más alegre y radiante que Jiménez había visto nunca. Estaba locuaz y comunicativo, emitía griticos breves, y adornaba su conversación con toda clase de gestos exagerados... Tan bien les fue a los demás que permanecieron quince días en el hotel, bebiendo cervezas con aceitunas y ordenando banquetes exagerados por el simple placer de derrochar. De esa forma Jiménez se vinculó con el mudo, cuya fama se iba incrementando por los alrededores. Le ofreció un cuarto propio, y le compró ropa nueva en Casa Prado: pantalón casimir, sombrero, zapatos mocasines... Diariamente lo obligaba a afeitarse, y siempre estaba encima de él para que cuidara la apariencia. Como era un hombre alto, tenía cierto aire distinguido. Al principio los pobladores se alarmaron con tantos individuos exhibiendo sus rarezas por las calles de Paraíso, pero terminaron acostumbrándose o haciéndose los de la vista gorda. Muchos de los que venían tenían dotes de pintores, o eran artesanos que engalanaron los clubes y las fachadas de las casas, y hasta decoraron el interior del ingenio azucarero. Eran tiempos difíciles. Otra vez habían caído los precios del azúcar, pero el pueblo no sintió los rigores de la crisis. Los tipos se ponían de acuerdo y llegaban en grupos con los bolsillos repletos de dinero, y se iban con una mano alante y la otra atrás. La calle principal se fue poblando con toda clase de artesanos y revendedores que ofrecían comidas, frutas tropicales, y artículos y bisuterías alusivas al mudo Montañé y a la cultura local, y el gascar se vio obligado a efectuar viajes diarios, presionado por el aumento del número de pasajeros. También por el puerto se inició un contrabando de ilegales, deslumbrados por el mudo, que venían del caribe francófono arrastrando un español gutural como si le hubieran cortado la punta de la lengua, y se marchaban entonando el más puro castellano de los suburbios. Pancho Guerra había demolido una parte de los cañaverales para construir dos moteles con canchas de juego y paseos a caballo, con la previsión de que el futuro del pueblo estaba en el turismo. Noche tras noche Montañé cumplía su labor con una disciplina intachable y, en nombre de la caridad y los nobles valores, se realizó una colecta pública, con la que le construyeron una casita encima de la loma La Campana. Tenía vista al mar y un cuarto íntimo rodeado de cortinas, luces rojas, alfombras y bocinas ocultas que transmitían música romántica e instrumental, pero Montañé nunca llegó a utilizarlo. Prefería conducir a sus víctimas bajo la magia de la noche y de la naturaleza abierta y excitante. Jiménez le contaba todo eso en sus cartas a Serafín.

El pueblo bullía durante el día, le explicaba, pero pasadas las diez de la noche, sus moradores se retiraban a sus casas, como si hubiera un toque de queda, dejándolo todo a expensas del mudo y los turistas. Al principio Jiménez se abstenía de aludir Montañé en sus cartas, temiendo resucitar viejos recuerdos, pero cada vez era más difícil hablar de Paraíso sin mencionarlo. Además, se había convencido de que las cosas ocultas se hacían patentes de forma más tremenda y vergonzosa, y terminó hablándole del mudo con absoluta naturalidad. Cuando era Serafín quien le contestaba, le refería aspectos de la vida en la ciudad, y de cuanto echaba de menos a su tierra. Pero últimamente sólo recibía cartas de Edelvira, anunciándole la mala salud de su esposo, y alarmada por la depravación que se había formado en torno del pobre mudo. Una mañana Jiménez recibió una carta breve y lacónica donde ella lo enteraba de la muerte de Serafín, añorando su pueblo hasta el último minuto. A la semana siguiente recibió otra donde le contaba de su terrible estado de ánimo. Se sentía como si hubiera perdido al hijo que nunca tuvo. Jiménez no se atrevió a escribirle, conociendo lo inútil de las palabras para consolar la pérdida de un ser querido. Tampoco recibió más correspondencia, y poco a poco se fue olvidando de Edelvira y Serafín. Era una época de mucha agitación. Pancho

178

Guerra se vio obligado a aumentar los sueldos de los macheteros, ante la competencia de los turistas que consumían cualquier cosa con tal que tuviera el más mínimo sabor local, y le estaban robando la escasa mano de obra. Únicamente el sargento Antía pasaba las horas bostezando en el cuartel, entre una merienda y otra, almibarado y manso. Había llegado a un lugar donde la violencia y los hechos de sangre eran pan diario, y ahora estaba en el polo opuesto. Públicamente solía atribuirse los méritos del cambio, pero en secreto reconocía el aporte del mudo, que parecía estar presente en todas las historias, como una sombra bendita y protectora. El sargento creía en la posibilidad de que un día hubiera un mudo similar en cada pueblo, que hiciera esa labor profiláctica, a ver si al fin llegaba al país la tranquilidad ciudadana que tanto requería. Aunque nunca dejó de haber en Paraíso su conflicto menor. Porque cuando todo parecía ir de maravillas, se apareció la viuda de Ventura con un grupo de viejas beatas a interrumpirle su merienda. No estaba dispuesta a tolerar aquel estado de cosas, de las cuales ella también era culpable. Daba vergüenza permitir que aquellos hombres depravados siguieran trayendo más vicio y corrupción de la que había en la sociedad, si es que podía llamárselo a eso sociedad y no suciedad. Porque allí todo el mundo sabía muy bien lo

179

que pasaba por las noches, y lo que venían a hacer toda esa bandada de tipejos, que se hospedaban en los mejores hoteles como si fueran los soberanos del pueblo, con más privilegios y atenciones que ellos mismos. La culpa no era del pobre mudo, que Dios lo perdonara, sino de los que se aprovechaban de él para su propio beneficio empujándolo por el camino de Satanás. La viuda se encargó de ir casa por casa reclutando partidarios con el argumento del premio y el castigo, y del cielo y las toneladas de azufre. Hicieron una campaña para prohibir las bebidas alcohólicas y que no se recibiera más a los turistas, cosa que nadie acató excepto Méndez. Él también se sentía asqueado y no le importó perder dinero. Era un crimen lo que hacían con el pobre mudo, y ya estaba cansado de callar. Lo había conocido desde chiquito, desde que Paraíso no era más que cuatro casas y una tienda mixta, sobre aquella tierra árida, de rocas blancas, que una vez había pertenecido al mar, y que de nuevo vendría por ella, según se decía entonces. Un día se apareció aquel mudito, como caído del cielo o salido de la tierra, porque daba la impresión que había nacido de alguna mata, o que siempre había existido. Entonces iban a bañarse al Charco del Güije, y allí le daban golpes y lo empujaban para lo hondo. Siempre estaba huyendo de alguien. Era curioso verlo con aquel fenómeno entre las piernas, perseguido por un niño con huevos de recién nacido. Luego se sentaban en círculo sobre unas piedras, en una masturbación colectiva, y Montañé ocupaba la presidencia con aquella desmesurada criatura entre sus manos. Y mientras ellos fueron creciendo, ocupándose de otros asuntos, olvidándose del mudo y su existencia, él pasó de las masturbaciones a las puercas, yeguas y carneras. Y cuando se hizo de un carretón y un mulo viejo para botar escombros por cuatro kilos, pasó de los animales a los borrachos que encontraba tirados en los portales. Méndez suprimió las bebidas en su bar, pero el mudo Montañé continuó con sus andanzas. Era muy difícil desintegrar aquella bola de nieve. Una noche lo persiguieron hasta el cementerio. Llevaba a un forastero más borracho que una cuba. Cuando Montañé vio gente que se acercaba, tiró al borracho y desapareció en su carretón. Entre Méndez y sus hombres lo ataron por las cuatro extremidades, y lo dejaron desnudo en medio del camino. Tal vez aquel escándalo moviera a las autoridades a tomar cartas en el asunto; pero a eso de la media noche Méndez despertó sobresaltado con los aullidos de los jíbaros, y salió como una exhalación rumbo al cementerio, totalmente arrepentido y pidiendo perdón. Donde había estado el borracho, sólo quedaban las cuatro estacas unidas a un pedazo de soga. Pero no había huellas de sangre ni de jíbaros. Alguien había cortado las amarras. Se veía a las claras el corte recto del cuchillo o de algún objeto filoso, y Méndez respiró aliviado, mirando al cielo y dando gracias a Dios. Fue una experiencia muy fuerte para él, pero en nada cambió la situación de las cosas. El único incidente se produjo con los dos Demetrios en la carnicería del cojo la víspera de año nuevo. El sargento miró los cuerpos en cruz, totalmente ensangrentados, y creyó estar mirando una película de los tiempos de su tío Indalecio. Ya se decía por todo el pueblo que el mudo dejaba a sus víctimas atadas y desnudas, hasta que alguien las liberara. Y aquella pelea de los Demetrios, sin más acá ni más allá, dio pie a que la gente pensara que uno de ellos había desatado al otro, y no le había guardado el secreto. Porque qué otra cosa podía haberlos llevado a tal extremo… Desde entonces desapareció de Paraíso el más simple litigio o altercado. Los rivales se ponían de acuerdo para dirimir fronteras, resolver daños y prejuicios, rencillas, accidentes, o la más trivial de las controversias. Nada constituía motivo de violencia. Familias que se odiaban a muerte por querellas inmemoriales, habían olvidado sus rencores y se trataban con cortesía y respeto. Levantar un poco la voz, o hablar con insolencia, podía alimentar la sospecha de que Montañé estaba en el trasfondo.

Los tiempos seguían difíciles. Los homosexuales habían disminuido quejándose de la imposibilidad de conseguir una cita con el mudo; pero las gentes eran amables entre sí, se saludaban y se servían como una buena familia. La única excepción era la viuda, que siguió dando mítines frente al cuartel de policía, y escribiendo cartas obstinadas que nunca recibían respuestas porque se quemaban allí mismo en el correo de Paraíso. El sargento llegó a disfrutar de aquellas protestas convencido de que nunca lograrían nada en un país donde había ministros y generales, y donde hasta del propio Presidente decían que era maricón. Y cuando todo marchaba así, de maravillas, se apareció al hotel de Jiménez un tipo de pantalones vaqueros y gorra del Cincinatti, para disimular su cara de prostituta. Y la primera noche se tiró borracho en el kiosco de Leo, la segunda, en la bodega de Paco, y a la tercera se lo llevó Montañé en su carretón. Y cuando le quitó la gorra y la camisa a la luz de una luna menguante, y vio aquel pelo largo y lacio que le cayó como un chorro luz sobre los hombros, y aquel par de tetas todavía firmes y claras como natas de leche, Montañé se desplomó a sollozar sobre el tronco de un almácigo. Edelvira lo acarició y le sostuvo en sus brazos todo el llanto de su vida. Cuando hubo terminado, le puso punto final al asunto cerrándole la boca con un caramelo de miel de abejas. Acto seguido botó su disfraz y regresaron de brazos a la casita de La Campana. Empezó a lavar y a planchar la ropa de los macheteros, que el mudo recogía y devolvía con diligencia y prontitud, sin preocuparse del pueblo que no salía de su asombro. Limpió, baldeó y amuebló la casa, y la rodeó de flores de todo tipo, mariposas, gardenias y marpacíficos, y hasta un tulipán africano floreció a la entrada. De vez en cuando hacían un amor silencioso, de la carne y del espíritu, que los dejaba extenuados por varios días, pero que iba creciendo de nuevo hasta devolverlos al centro del mundo que era aquel cuarto alfombrado, de luces rojas y de música instrumental que ella escuchaba extasiada por el vértigo, y que Montañé sentía en forma de vibraciones. El resto de sus energías ella las dedicaba a él como un regalo. Lo bañaba con agua tibia, le lavaba la cabeza, le cortaba las uñas, le daba puré de malangas con caldo de frijoles negros, lo entalcaba y lo sumergía bajo el mosquitero a dormir los mediodías con un azabache colgado del cuello para evitar el mal de ojos. Él se dejaba hacer, disfrutando el privilegio de ser el centro de atención. Nunca más se le vio recoger a un borracho como si hubiera perdido sus viejos apetitos. Venía al pueblo, hacía sus mandados, y regresaba a su casa a toda prisa, temeroso de contrariar a Edelvira. Sin embargo la economía local iba menguando. La pobreza era mala consejera y Paraíso se iba pareciendo cada vez más a un refugio de ancianos. Los jóvenes, apenas despuntaban, hacías sus equipajes y se desperdigaban por el mundo. Pero no eran exiliados económicos o políticos. Eran exiliados del amor, del más feroz de todos los exilios. Las muchachas, que habían crecido junto a ellos, compartiendo el colegio, los cantos, o las fiestas de cumpleaños, no los amaban. Ni siquiera se fijaban en ellos pues no tenían otra cosa que ofrecerles que no fuera llenarlas de hijos barrigones que se les prendieran de las faldas como sanguijuelas. Preferían irse con los forasteros, que llegaban al pueblo ilusionados con el mudo, y luego se las llevaban a ellas por no regresar con las manos vacías. Los muchachos empezaron a imitarlas con la esperanza de regresar un día como forasteros, y por primera vez ser amados y bien queridos en la tierra que los vio nacer. Muchos padres siguieron a su vez el camino de sus hijos, por lo que la población se había reducido de tal manera, que el gascar había vuelto a su frecuencia semanal. Se verán horrores, repetía la viuda de Ventura, que se quedó con dos alumnos en la catequesis dominical. Una mañana el sargento Antía llegó al cuartel y lo encontró sin guardias como un monumento abandonado. Ese mismo día llenó las planillas para su traslado. Había servido allí durante más de una década, cumpliendo todas las órdenes a cabalidad, y ahora presentía que algo terrible se avecinaba, como si aquel pueblo se hubiera vuelto maldito. Mientras viviera el mudo Montañé era difícil pensar en la intranquilidad social, pero era como si hubiera muerto y pronto podían desatarse los primitivos rencores. El mudo y Paraíso eran la misma historia. Había transcurrido ya mucho tiempo de odios acumulados. Estaba por derribarse el muro y nadie sabía con cuánta violencia podían resurgir las bajas pasiones... El mismo día que cumplió 52 años, el sargento recogió los objetos personales que tenía en el cuartel, incluyendo un paquete de un biopreparado para matar roedores, y cuya eficacia exterminaba a sus víctimas a varios metros de distancia, y se los llevó a su casa. Aracelia estaba preparando una panetela inglesa como regalo de cumpleaños. Separó las veinticinco yemas de huevo, batió las claras a punto de merengue agregándole azúcar y ácido cítrico. Añadió las yemas, el jugo de naranjas y los cuatro paquetes de harina de trigo cernida. En ese instante observó que la masa había quedado muy blanda. Le incorporó varias cucharadas de mantequilla derretida y la ralladura de naranjas, pero la masa no adquiría la consistencia deseada. Aracelia empezó a revolcar los rincones de la cocina en busca de un poco de harina hasta dar con el paquete que

186

había traído el sargento y que decía SU-
PERESPECIAL, y más abajo *keep out of reach of
children,* lo que se refería sin dudas a sus pro-
piedades vitamínicas. Aracelia vació su contenido y revolvió la masa con dos tenedores.
Luego la vertió en un molde forrado con papel
amarillo, la puso al horno, y treinta minutos
después el olor había salido de la casa apode-
rándose del barrio. La dejó reposar, la cortó
por el centro horizontalmente, y le agregó miel
de abejas y sirope de caramelos. Por último la
empolvoreó con canela y nuez moscada. Esa
tarde estaban todos sus invitados a la mesa:
Pancho Guerra y su esposa, Jiménez, el alcalde
y los concejales… Comieron lechón asado con
yuca, ensalada de tomates, tostones y rositas de
maíz. Bebieron cervezas y vinos hervorosos.
Finalmente Aracelia trajo la panetela y la repar-
tió en pequeños pedazos. Antes de empezar a
comer, el alcalde se puso de pie y comenzó un
discurso de despedida para el sargento que fue
interrumpido por uno de sus criados, alarmado
con la noticia de que el mar se estaba secando.
El alcalde no le dio importancia al asunto, pre-
venido con los antecedentes del cometa Halley
y el falso temor que generó, y prosiguió su ora-
toria. Todavía conmovidos cantaron el *Happy
Birthday,* con el plato de panetela en el aire.
Cinco minutos después el criado vino de nuevo
a decir que medio pueblo se marchaba en el

gascar, presa del pánico. Tocó varias veces sin recibir respuesta hasta que decidió empujar la puerta. Los invitados estaban en el comedor con sus cabezas dentro del plato como si estuvieran haciendo una oración. Encima de la mesa había tres gatos negros con las extremidades extendidas y un trozo de panetela entre los dientes. Fue el penúltimo acontecimiento del pueblo. El criado salió disparado y pudo alcanzar el gascar en su último viaje. Nadie vio la furia del mar, que en tiempo record lo arrastró todo a sus profundidades. Sólo quedó la torre del ingenio, erecta contra el cielo, y la casita encima de La Campana, donde Edelvira y el mudo Montañé quedaron como Adán y Eva en el paraíso perdido. Durante el resto de su vida, la viuda de Ventura, que iba en el último coche del gascar el día de la tragedia, horrorizada viendo el mar devorarse la vía férrea, arañando el gusano de hierro que se escapaba de sus garras, recordaría aquel ruido infernal como una pesadilla recurrente. Las olas golpeaban sus oídos y repetían: rrrrrmmm, rrrrrmmmm, rrrrrrrrrmmmmmmm.

AVISO A LOS NIÑOS DE LA
GUAGUA

Cuando salí hacia la escuela aquel día
de San Patricio, imaginé los ojos de doña Ofelia, mirándome tras sus gruesos espejuelos:
¿conque no hizo la tarea, Samuel...?, y tomán-
dome de una oreja, me sentaba junto a su escritorio, en el pupitre especial en donde se posa-
ban todas las miradas. Inmediatamente comprendí que nada podría librarme del castigo, y
proseguí mi camino sufriendo de antemano el
bochorno ante mis compañeros. Frente a la
tienda de Claudino, vi una lata de leche con-
densada Matilda. Le di una patada y, tras un
vuelo silencioso, Matilda cayó ruidosamente
sobre el borde de la acera. Nunca la hubiera
desprendido de su sitio de no ser por el placer
que sentía cambiando las cosas de lugar, alterando las viejas locaciones. De modo que volví
a patearla, lanzándola contra la puerta de la pa-
nadería. La lata crujió como si todo el vacío de
su alma escapara por aquellos ojos carentes de
expresión que miraban a lados diferentes, y tuve que aceptar el reto de conducirla hasta la escuela. Esos desafíos solían entonces aparecerse
de improviso, sin que uno pudiera encontrarle

una razón. Fui desplazando a Matilda metro a metro, cuadra a cuadra, esquina tras esquina. Frente al colegio había una guagua de listas azules y blancas como la bandera. La puerta se abrió cuando iba cruzando y varios hombres me empujaron adentro. Dos niños, pecosos como si fueran hermanos, bostezaban en el primer asiento, y ni siquiera alzaron la vista para verme. Me senté tras ellos, y el motor de aquella patria rodante me saludó con un rugido como un grito de guerra.

Todo el día anduvimos por carreteras brumosas y rutas intrincadas, ora se veían cañaverales, ora campos de arroz, ora potreros de ganado, con lejanas vacas diminutas y, otras veces, sólo asomaba el marabú como el cabello rebelde de la tierra. Al mediodía nos dieron una bandeja con arroz y trozos de pescado, y no recuerdo si un pomo de leche fría sin azúcar. Por la tarde comimos sopa de cebollas con rodajas de pan; y luego aparcamos a la vera de un camino a esperar que amaneciera. Cuando desperté, vi una legión de agitados muchachos, tres de los cuales fueron traídos al vehículo. Uno era un negrito, que miraba con expresión de indiferencia o tal vez resignación.

Cada mañana nos deteníamos frente a la puerta de un colegio, donde fuimos sumando pasajeros, siempre del sexo masculino. Calculé que tal vez era un experimento para medir la resistencia de uno a la velocidad o al encierro; pero nada supimos con certeza pues los guías –tres militares corpulentos y ceñudos, armados con poderosos rifles de asalto– y el chofer, hombre gordo de ademanes nerviosos, únicamente repetían la misma frase hasta el cansancio:

–¿Qué es esto que va aquí? –preguntaban los militares.

–La Guagua del Futuro –respondía el chofer.

Y los gendarmes, para celebrar, ametrallaban el aire agujereando el techo del vehículo.

El fin de semana viajamos sin descanso, salvo para abastecernos de vituallas y para llenar de combustible los dilatados depósitos.

Nadie intentó escapar, no sé si por desdén o por miedo a quedarnos sin futuro. Teníamos agua, comida, y un baño para evacuar nuestros apremios. El paisaje era distinto a cada instante, y esa inquietud por apresar lo novedoso parece que nos fue apaciguando.

Cuando el carro del futuro se hubo llenado por completo, viajamos tres días y tres noches sin parar como un juguete de cuerda que acariciaba el suelo de la patria. Recuerdo a dos chinitos, a uno rubio de ojos azulados, al negrito, a los hermanos pecosos, y a uno pelirrojo que tenía un óvalo de pelo en la frente, que en vez de lunar parecía una agazapada cucaracha.

Una mañana el negrito estuvo llorando largamente pues extrañaba a su mamá y a un perro suyo llamado Vinagreta.

Al día siguiente nos detuvimos junto a un centro escolar que abría sus puertas a los niños y mandaron a bajar a los hermanos pecosos del primer asiento. El espaldar se plegó hacia delante, y pude ver a través del parabrisas aquella forma natural con que el carro del futuro devoraba los caminos.

Llegamos a mi escuela a la hora en que todos salían gritando con sus libros a la espalda. Nadie se fijó en mí ni le importó preguntarme. Matilda seguía allí junto a la cerca, con sus ojos mirando hacia la nada. La tomé en mis brazos, como un hijo que uno recupera, y prometí que nunca más iba a dormir en la calle.

Ni mi madre ni mi padre se mostraron sorprendidos, como si hubiera partido de la casa esa mañana. Yo pensé que el recorrido había sido por llegar tarde al colegio o por no haber hecho la tarea, y me senté a la mesa a corregir la deficiencia; pero el viejo, que siempre tuvo un carácter reflexivo, cerró mi libreta, y me dijo, mirándome a los ojos: hijo, esa guagua no existió, prométeme que nunca dirás nada de la Guagua.

Hasta hoy he cumplido mi promesa. El resto de mi vida no ha sido más que obedecer, primero a mis padres, a doña Ofelia, luego al director, a los gerentes, a la autoridad, los funcionarios, las leyes y disposiciones, los consejeros, los sacerdotes, los médicos, en un mundo regido por la obediencia y la lealtad.

Pero ahora que ha llegado al fin la transparencia y no existe la obligación de obedecer; ahora que uno puede ser lo que uno es y preguntar cualquier pregunta; ahora, que es casi obligatorio el derecho a preguntar, y que a mi edad ya no importa para nada quedarse sin futuro, quisiera, si algún niño de aquellos de la Guagua lee este aviso, un poco largo por cierto, se tome el favor de escribirle a Samuel R. al apartado postal 2014. Nunca pude comprender por qué el chofer y aquellos militares parecían tan sinceros.

ÍNDICE

www.ingramcontent.com/pod-product-compliance
Lightning Source LLC
Chambersburg PA
CBHW071205260626
47162CB00003B/1180